BORN TO BE WINE
一千种风的味道

黄山——著

[Huang Shan]

天津出版传媒集团

天津人民出版社

目 录

CONTENTS

冥冥之中，宇宙依靠着某种力量使人们互相联结在一起。王之谦第一次靠风罗那么近，她没有搽过香水，带着干净的味道，像是白云蓝天下的空气，细闻又有些杏仁的香气。

Foreword　　楔子　　　　001

Chapter 01　冥冥之中　　003
Chapter 02　风罗　　　　014
Chapter 03　味道　　　　025
Chapter 04　酒窖计划　　037
Chapter 05　挑战　　　　048
Chapter 06　猜不透　　　055
Chapter 07　浪漫　　　　062
Chapter 08　借来的爱　　072
Chapter 09　知音　　　　077
Chapter 10　两端　　　　085

王之谦面容晶莹地从水中浮出，深深地看着风罗，积蓄了良久的吸引力与能量在此时此地完全爆发出来，传说水底的海妖会在岸上寻找猎物，这一刻她就是他的猎物了。

Chapter 11　失利　　　　091

Chapter 12　追　　　　　097

Chapter 13　勃艮第　　　106

Chapter 14　重温旧梦　　113

Chapter 15　约会　　　　122

Chapter 16　在劫难逃　　132

Chapter 17　替代品　　　136

Chapter 18　朝夕相处　　143

Chapter 19　风之子　　　151

Chapter 20　迟来的吻　　156

风罗不知道下一段旅程会在哪里，有时她也会看一看星穹，想想世界另外一端的人。"即使我孤身一人，但是并不孤单。有一天，你会因为喝到我酿的葡萄酒而爱上我，因为杯里有一千种风的味道。"

Chapter 21　坦白　　　　　164

Chapter 22　缠绵　　　　　177

Chapter 23　晚宴　　　　　184

Chapter 24　久别重逢　　　192

Chapter 25　激情戏　　　　199

Chapter 26　抉择　　　　　205

Chapter 27　光芒　　　　　212

Chapter 28　不能忘　　　　216

Chapter 29　释怀　　　　　224

Chapter 30　一千种风　　　231

楔 子

冥冥之中，宇宙依靠着某种力量使人们互相联结在一起。这
联结使所有生物相互依存相互吞噬，维持着宇宙的平衡。

米妮曾经并不相信这种力量，就好像她不相信她与王之谦注
定是要在一起的。她无时无刻不想反抗命运，破坏这种秩序。以
至于她在与王之谦分手的状态下，竟怀上了他的孩子——上天惩
罚了她的反抗。在她拿起验孕棒之前的一年里，王之谦和米妮只
做过一次爱。他轻轻抚摸她的发梢，啮咬她的后背，像一条悄无
声息的蛇。他们的需求同步，高潮也是同步的。大脑混沌的那一
刻，是米妮作为母体开始的第一秒。可惜米妮并不珍惜这些，她
以为这个男子给她带来一波一波的高潮是必然的，而不是因为他
若有若无的挑逗、时重时轻的撞击和无比耐心的等待。

Chapter 01
冥冥之中

王之谦在霞慕尼的第一个晚上就喝醉了，他和米妮坐在酒吧露台外的一辆劳斯莱斯银色幽灵里，司机把他们送到门口，扶着敞开的车门等着。他们两人都穿着华丽的晚宴装，一看就是和其他年轻情侣一样来这里一掷千金享乐的。令人目不转睛的是他身边的米妮，她穿着度身缝制的白色裙子，透着些光，若是仔细看，还可以看到里面细细的蓝色丁字裤。帽子也是矢车菊蓝色，衬得皮肤白皙、发丝柔软深黑。

只要装扮适宜，成为吸引人目光的美女并不是太难的事情。对于自己的审美，无论是艺术、女人，哪怕是一杯酒，王之谦都颇有自信。女人们，有叽叽喳喳的小可爱，有像冰雕恨不能用一束目光就能挖掉心头肉的，还有活泼直接会过肩摔的，当然还有那些脸色苍白从生下来就没有见过太阳、随时会被吓晕的敏感型。在霞慕尼这里出现的尽是风华绝代的女子，她们出入赌场和游艇，只会嫁给皮肤松弛、堕落的贵族。可米妮并不属于其中的任何一种，她像是山涧迷雾般捉摸不定，轻轻一笑就能在空中映射出彩虹。她对司机嫣然一笑，伸出长而直的腿跨出车外。司机高兴得像跟上帝握过手似的，站得格外笔直，目送姿态优美的她步入玻璃屋顶的长廊，直到白色身影消失在转弯处，才想起把车门关上。

王之谦没有想到会这么快回到这个地方，一年前米妮离开后，他就再也没有回来过。这些日子他努力让自己保持原样，不留恋莺莺燕燕，把时间都花在使资产翻倍上。除了年龄从二字头变成三十有余之外，再没有其他变化。本以为不来这里就能保留住的一切，随着时间还是丢了，包括他们共同署名的房子。那次饮醉，就是为了庆祝他们购买了这栋房子。透过卧室的窗口就可以望见阿尔卑斯山脉最著名的勃朗峰。是他建议将房子买在这里的。王之谦喜欢在世界各地著名的景点买房子，他在巴黎的房产就在埃菲尔铁塔旁边，不仅可以在午夜伴着发光的埃菲尔铁塔一起跳舞，甚至连观光大巴上坐着的游客都可以看得清清楚楚。

米妮喜欢早晨跑步去施特雷尔甜品店——一家三百年的老店——买新鲜出炉的法国长棍面包回来给他吃。倒不是对面包挑剔，只是每天睁开眼睛就会看到的食物，米妮希望它结实而温暖，带着新鲜的香气，就好像睁开眼睛看到的那个人一样带着阳光和微笑。包在牛皮纸中有手臂那么长的面包被她裹在怀里，跑回来还带着体温。金黄色的法棍有着坚硬的外反和柔软洁白的内心。他喜欢柔软和脆韧共同存在，米妮为也抹上浓郁的橄榄油，再夹上番茄片和水牛芝士。他张口含住，只要一用力，新鲜的番茄汁四溢。这时，王之谦就势把她按倒在红色鼬鼠皮的沙发上。

他爱跳舞，每天晚上都拥着她，在暖暖的火炉旁看着窗外的雪景跳舞；她爱饮酒，双颊总被火光映得红红的。她太美了，无论在国内还是国外，人们都认为她是最华贵的东方美人。王之谦留不住她，就连法国也只有在电影节期间才留得住她。尽管这样，他们还是在这个小镇买了房子，写了两个人的名字作为爱情见证。她喜欢这里，这里没有人认得她。每天去市集上闲逛，为房子添置各种古董小件，从一枚象牙胸针到金丝雀座钟，甚至还有一台带上弦摇手的龙虾烤炉。他每天买些她爱吃的海鲜，比如法国特产耳垂大小的青口，放一点点黄油和大量白葡萄酒同煮，开锅之前加入新鲜罗勒绿叶，让草叶的芳香充满整个房间。那小小粒的青口，就像她嫩滑柔软的耳垂一样诱人，带着奶香在舌尖滚动，伴随着她银铃般的笑声，让他欲罢不能。

记忆往往与现实有极大的差距。当熬夜坐了十二小时飞机，又开车几百公里，才到达这栋寒气逼人的房子时，他根本不敢相信自己的眼睛。房间被席卷一空，沙发、电视、波斯地毯、墙上的壁画，还有那个老旧的龙虾烤炉，一切都消失得无影无踪，好像从来没有人在这里热恋过、生活过。接待他的警察无可奈何地说："这些小偷开了辆卡车来，对邻居说是主人搬家，就把这里搬空了。"

王之谦心中空落落的，不是因为失去的物件，而是因为他和她的爱情证据就这样蒸发了。他以为只要封存住这座房子，只要不再回到这里，他们的爱情就会被封存住，被好好保存，可再努力却什么也没有留下。他看着壁炉边大理石上雕刻的无名小诗。曾经他们就相拥炉火旁，读着这首诗睡去。

> 我会成为你记忆中的青苔
>
> 可以让脚下的路软化
>
> 我会成为你生活中的石头
>
> 哦，走累了，而有坐椅
>
> 当你坐在车上，我只是路边的那棵树
>
> 给你阴凉，给你遮阳
>
> 我渺小如沙，从你指间滑过
>
> 那沙粒在与你的指头做游戏
>
> 就让我成为那片青草地，让你走过
>
> 不，这片青草地会是你最舒适的床
>
> 你甚至都看不到、摸不到的微风
>
> 却能给你凉意，给我舒畅
>
> 啊，蚊子，那飞虫，伤害你的飞虫

不要这么幼稚好吗

伤害人的不是飞虫，它们做不了什么

伤害人的永远是感情

"最近中国人在国外失窃的案件非常受媒体关注。你赶快去那里把事情安顿好，不要曝光给媒体。最重要的是，把那栋房子卖掉。我不想被媒体发现我们一直有套匿名的房子。"邮件里，她还跟那时一样小心谨慎，明星当久了，与日俱增的不仅有名声，还有心里的高墙。

卖掉房子并没有他计划得那么容易。完成警方失窃调查、申领房契，直到进入市场交易还需要很多天。

"不，我们没有财产争议，我们只是想卖掉这栋房子。"律师看到文件上女明星和王之谦共同签署的名字，都忍不住要询问得更多。他用蹩脚的法文在警察局签署完厚厚的文件材料，已经是天黑如墨了。裹了裹风衣，和着风雪，冲入夜里。荒凉，也许是心中最恰当的感触，为丢失的爱情，还有他们的小屋。

几十个小时都没有睡的王之谦被压抑的情绪折磨得无法入睡，夹裹着风雪进入一家人声鼎沸的小酒馆。半米厚的石墙显示着它古老的历史，门口巨大的橡木桶上，还用油漆写着"当地美酒"字样。在阿尔卑斯山脚下的小酒馆里，夜幕降临，村民们无事可做就会聚集到酒吧，谈笑风生仿佛认识许多年的朋友。仔细看，就会发现这里有两颊塌陷胡须长长的当地老人，也有被雪场的阳光晒得胡萝卜一般的外地滑雪者。他们都喝着冰凉解渴的白葡萄酒，在火焰熊熊的巨大暖炉旁消解燥意。

　　没有比今天更适合买醉的时间了，丢失的找不回来，不需要的已放弃，只剩寒风冷雪的夜，王之谦自嘲。要饮醉，要忘掉此刻的痛苦，更要忘掉从前的喜悦。他指着吧台后面的云雀威士忌："双份纯饮威士忌。"

　　白色络腮胡的老板熟练地从酒柜上取下威士忌。他对吧台内的一切了如指掌，甚至不需要眼睛看就能拿到杯子，去塞、倒酒、递酒，一气呵成。然而王之谦并没有在乎这一切，他迫不及待地端起杯子将酒灌入喉咙，不带一丝迟疑，与任何一个酒精深入骨髓的嗜酒成瘾者一样，没有酒精，身体就会颤抖，呼吸就会停顿，血液就会干涸。一杯饮尽又续一杯，直到酒精在体内燃烧才感到后悔，他不是不知道这种烈酒的厉害，喉咙直到胃部都烧灼般地疼痛。

　　"老板，这里最贵的酒是什么？"他拿起酒单开始搜寻上面最长的数字，想用金钱换回身体的畅快。

　　"波尔多玛歌酒庄¹1955年，九百欧元。"络腮胡老板手指划

---

1. 玛歌酒庄（Château Margaux）：位于法国波尔多左岸地区的名庄，所在村名就以这个酒庄名命名。玛歌庄历史悠久，早在1855年拿破仑时期就被评定为仅有的四个最高一级酒庄之一。另外三个酒庄为：拉菲酒庄、拉图酒庄、奥比昂酒庄。

过酒单上一行字，不露声色地在价格处停住。如果手有表情，那么他此刻弯曲手指的动作就是惋惜的意思。他看着这个消瘦得有些憔悴的男子，心中叹息——看这精致的轮廓、浓黑的眉毛和紧闭时会微微上扬的嘴角，应该曾是个美男子，只可惜那豪饮的动作和布满血丝的双眼暴露了他已成瘾君子的事实。若不肯戒酒，他的下半辈子都会这样——只有在晚上醉倒睡着的时候才会把一直抱着的酒瓶松开。

"就是这一瓶。"玛歌酒庄也曾是米妮爱的酒庄，她还一直说要去那里看一看。也许她已经去过了，只是跟别人去的。

"哦，不。对不起，我今天不能卖给你这瓶。"络腮胡老板摇摇头，"这瓶酒非常珍贵，这里只有一瓶，我建议在一个更适合的场合下打开。"

如果问王之谦的字典里没有哪个字的话，那一定是"不"字了。然而在异乡土地之上，他忍受了小偷的洗礼、警察局手续的烦琐，现在还要忍受一个酒吧老板的拒绝。"世界上只有付不起的价格，没有买不到的东西"早已成为王之谦的信条。和众多土豪一样，无论在国内国外，他都携带大量现金。这也是为什么中国游客在国外总被抢劫的主要原因。他拿出两张五百欧元的钞票，拍在吧台上，"不用找了。"他紧紧盯着络腮胡老板的眼睛，加上不允许拒绝的口吻。

老板立刻用酒单覆盖住他手中的钞票，表情有些为难，却又非常坚决地说："先生，你的威士忌只需要二十欧元。你给得太多了。为了你的安全着想，还是把钱收好吧。那瓶酒，如果你真的想要，我们可准备好，下次专门为你打开。"

"我已经付了钱，你为什么不把酒卖给我，为什么？！"借着威士忌的酒劲，王之谦只觉得血液冲进大脑，汉语随之迸了出来："我不想来这里，警察逼着我从国内赶过来！我想要卖房子卖不了，现在连瓶酒也不能买了！"他声音虽大，但是无人能懂，立刻被酒吧内欢快的气氛淹没，而他的怒火却像漫延而出的汽油一点就着。

"先生，你好，虽然我不清楚是怎么回事，但我认识这个老板，他脾气倔得很，若不想卖你肯定是不会卖的。"王之谦身侧响起清晰的汉语，一个戴牛仔帽的女孩坐在吧台旁边，脸被帽子遮去大半。他才发现那原来是一个亚洲面孔的女孩。她的脸和其他滑雪者一样被高原强烈的阳光晒得红红的，头发乱乱地被压在帽子下面，带着笑看着他，笑起来还有两个明显的酒窝，似乎能足足盛下一杯酒。

"你看他那腰围有你两个粗。你就算打赢他也没办法从酒窖里拿酒出来。还是别理那个络腮胡大叔，先来尝尝我的酒。"她把一只小而精致的水晶杯举在他面前，那杯子的口径正好跟她的酒窝一样大小。

女孩手指捏住杯底，把杯子抬起很高，直接对着他的鼻下，一股浓郁的糅合着桃杏李和蜂蜜麝香沉香龙涎香的气味扑鼻而来。传说中的迷魂香应该就是这个味道，他想。如果他有任何防备，就不应该喝陌生人递来的酒。但他已经不是他了，他多么希望自己是一具行尸走肉，不必思考，不必承受痛苦，此刻无论什么人递来的任何酒精对他来说都一样，都可以用来祭奠他死去的那部分灵魂。

极其浓郁，带着蜂蜜般的香甜，同时又滑润清新，就像照在阿尔卑斯山峰上的艳阳，他不能自已，发出了享受的声音。王之谦自认为对酒还算了解，但此刻的感觉却没有词语可以形容，天上的琼浆玉液就应该是这个味道。

"这可是老头子的私藏，陈放了一百年的稻草酒[1]，被我找到了，我足足磨了他一个星期，他才肯卖给我，结果你一来就赶上了。"

"一百年的酒？"王之谦几乎被她给逗笑了，"就你？"他又打量了这个女孩，除了酒窝之外，她几乎没有什么吸引人的特征。没有首饰和精致的妆容，衣服上有些古怪的破洞，甚至有些破烂的感觉，唯一能让人记住的就是那双水灵灵的眼睛。他觉得这酒毋庸置疑是好酒，而且稀有罕见到他都不曾听说。可若说这

---

1. 稻草酒（Vin de Paille）：这是经过特别方式酿造的葡萄甜酒。把新鲜、健康、毫无破损的葡萄摘下放在用稻草制作的席面之上，利用风把葡萄里面的水分蒸发掉，自然风干数月，直到浓缩成极高糖分、具有蜂蜜糖浆味道的葡萄干，这时才开始做酒。用这种方式酿造的酒称为稻草酒。

女孩是个能享受得起奢侈好酒的富二代，那也只能是个落难的富二代。

牛仔帽女孩丝毫不介意他怀疑的态度，清瘦的手举着水晶杯，喜滋滋地分享："要说谁能找到这样的酒，恐怕只有我了。你以为一百年的酒就是贵的？我就买不起好的酒？"

"这酒仅有两瓶，怎么能用价格来衡量它的价值呢？我在隔壁的葡萄园做工，没事的时候就来帮这家酒吧的老板整理酒窖，才从灰尘中翻出这样的好酒来。这酒并不很昂贵，最重要的是，亲手做工换来的酒味道特别好。"王之谦将信将疑地听着她的话，细细品尝着杯中的酒。这酒，甜蜜却不醉人，在口中，像一股风轻抚着味蕾上的神经，带来像是蜜桃、坚果、杏子、兰花的香气。它拥有岁月的痕迹，带着最原始的芬芳，仿佛来自人本身的、母体最初的味道，又好像肉体间震荡的芳香，久久不散。他拿着杯子久久沉浸在香气之中，那股想要烂醉的冲动被这杯酒冲淡了许多。

牛仔帽女孩观察着他，这个中国男人进来的目的像是就为了买醉。他穿着精致的羊绒大衣和昂贵的名牌皮鞋，雨雪裹着他凌乱的头发，显得沧桑又风尘仆仆。从他的行为举止能看出他是一个行为规范、受过高等教育、常年在国外公干，甚至有些精明的人；可惜一直备受宠爱，自信十足，不管发生什么事情都要顺从自己的要求，如果遭到拒绝，就会马上变成一个阴沉可怕、行为激烈的人。

在酒吧里这是让人讨厌的角色，他们以自己为中心，一心只想获得自己想要的。尽管他衣着昂贵，但却像蝼蚁一样疲倦紧张，亏得他那副伤心欲绝的俊俏模样，否则如此暴躁脾气早被人拳脚伺候了。

"好好享受这杯酒，要记得一百年前有人为它辛勤采摘、酿造，并将它储存完好，等待着一百年的光景之后，由你来品尝。"女孩自己的杯子已空，又留了一杯给他，并不等感谢也不告别，起身离开。王之谦坐在吧台看着她的背影，那模样总有古怪的地方，她衣服上的破洞即使对滑雪者来说也太多了一些，从身前延伸到后背，多得就像从钉板上滚过似的。也许她是个私奔的富二代，那破烂的衣服是从家中篱笆围栏里钻出时被弄破的。他被自己想象中女孩刨土钻篱笆的画面给逗笑了，又或者是这酒太美了，令人不得不微笑。

Chapter 02

风　罗

清早的霞慕尼，滑雪的人群已经从索道排到行车路上了，雪白的勃朗峰在云朵的包围下显得格外陡峭挺拔。高原上的空气十分新鲜，王之谦似乎在其中闻到了花香还有蜜桃的甜美味道，仔细一想却发现是昨夜残存在口中的酒香，即使刷牙之后也能停留住不散。

他的味蕾拥有侦探般的敏感和记忆。味道的意思对他来说不仅仅是美酒佳肴，更多的是记忆：譬如关于小时候的记忆总有着浓浓花生巧克力威化的香气；想起夕阳，鼻间总有热热干燥草坪的香气；而不开心的记忆就会有一股热热咸咸的眼泪味道鼓胀在胸前。对米妮，王之谦甚至有千万种滋味也有千万种情感用来形容她。她的味道像是佛手柑，甜蜜纯洁，就算许久没有见面，也依然能闻到她的气味。这样虚幻脆弱甚至是想象中的味道，充满着生命力经久不散。因为她，他发现自己超乎常人的味觉拥有福尔摩斯般的侦探能力。每一种她的味道都会被放在记忆库里，从开始最明显的香水的味道，到后来抽烟饮酒之后留下的味道，还有她喜欢去的地方的味道。只要抱住那熟悉的身体，她去过的地方吃过的东西都会浮现在眼前。可能因为太爱了，原本只想弄清她的一切，最后却变成了分开的导火索。

"宝贝，你今天喝的是大吉岭红茶。"那是最后一次深深吻她的时候，王之谦说的话。米妮的口中带着茶香，还有一点点水果蛋糕的香气，他带着玩笑的心情推理说："你去了糕点店喝下午茶了吧。"她的眼神里闪过恐惧，爱意已经淡去的恐惧："你跟踪我？"也许这是让她最终收拾行囊离开的理由，又或者是她早已心生厌倦。可是她的味道气息从来没有离开，留在王之谦的身体血液毛孔中难以洗去。

离开前的早晨，米妮看着早餐，对王之谦说："我最近在看一个剧本，很好看，是关于葡萄酒的，若接了会去法国拍戏。"结婚以来不能经常在一起吃饭，她尽可能做好每顿早餐。

"那很好，一路顺风。"王之谦大口吃着她包的馄饨。

"我要去几个月，来陪我一段时间吧？我怕我会紧张。"

"我不去，"王之谦头也没抬，拖起碗把碗底的樱花虾、蛋饼丝和青菜都划入口中，"没时间，有时间也不去。你不想在那里就早点回来，别搭上我。"

米妮生生把下一句两人去威尼斯的建议给咽回去。那是他们结婚时的承诺，每隔三年就去一个新的地方重新度一次蜜月，威尼斯是第一站。很显然，他忘了或者不愿想起。

　　"我不在的几个月，你一个人怎么办？"

　　"没有你的时候，我该怎么过就怎么过。再说，你老公这么帅，还怕没人做饭？"

　　米妮脸色一变，被戳到痛处。曾几何时，他们是那么不愿意分开，宁愿在法国小镇住上许久也不想工作。可现在他已忘了那些美妙，大概是有了新欢，言语才能如此不屑轻薄，待她再无珍惜可言。一阵心酸失望，眼泪毫无预警地从眼角溢出来。

　　王之谦着了慌，他哪里知道米妮心里这么多别扭和积怨，只知道她是脾气犯了，"你月经是不是快来了，吃点止疼药吧。"本是关心，说出来却是嫌弃口气，米妮一阵心寒，也没抹眼泪，竟摔门而去了。

　　"既然管不住他就榨干他，让别人只得一具行尸走肉。"闺蜜看到梨花带雨的米妮，出主意。

　　米妮欲言又止，吞吞吐吐。他岂是一般女子能够榨干的，就算耗上三个米妮最后昏倒的也必不是他。只是这样的话又怎能跟外人道起。米妮摇了摇头，只拿了轻便行李就消失在王之谦的生活中，踏上她事业的征程从此没有回头。

王之谦还在等待警局的通知，闲来无事就去镇子上走走，心想也许能够找到牛仔帽女孩口中的百年老酒。霞慕尼的镇子并不大，到处是装修精致的餐厅、与滑雪有关的商铺和奢侈品店铺。王之谦随意走进一家酒屋，说想要本地出产的陈放百年的老酒，大家都点头表示知道，可是提到要买，却又摆手开门送客。那种酒如此神秘，所有人都听说过却从来没见过。王之谦有些困惑，昨夜的奇遇究竟是真实的，还是他不小心迈入了神界，偷尝了琼浆玉液。

　　直到那家酒吧出现在眼前时，他才感觉到真实。圆滚滚的络腮胡老板正在门口拿着杯酒晒太阳，看到他好不吃惊，说："年轻人，你来了。"

　　"昨天那瓶酒……"王之谦想到昨晚对他大吼大叫，不免有些后悔。

　　"没问题，1955年玛歌酒庄，我答应过卖给你就不会卖给别人。"老板拍着胸脯，看着这个年轻人恢复了精神，由衷感到高兴。"你看你现在样子多好，清醒又有精神。戒酒并不难，只是需要有人帮你。我们这里有戒酒协会，他们会帮你的。"

　　"戒酒？我为什么要戒酒，我又不是酒鬼。"王之谦摸不着头脑，"我只是喜欢酒而已。"

　　"哦，孩子，别担心，我不会告诉任何人的。我了解，没有人会承认自己酒精成瘾，就好像我也不会承认我喜欢男人一样。

这是我们之间的秘密。但是戒酒协会，能够帮到你。"络腮胡老板完全把他当作了嗜酒者，一副好言相劝的样子。

"我真的不嗜酒。"王之谦想尽办法解释，"我只是偶尔饮酒，平时并不常喝。我叫王之谦，是来自中国的投资商，我连烟都不抽，怎么会让酒精控制我呢？你看这是我的潜水执照，是上个月刚更新过的。还有，我两个月前刚参加过半程马拉松比赛，怎么可能是嗜酒的人呢？你见过有酒瘾的人喝了两杯就清醒地回去睡觉的吗？"络腮胡老板听他讲得有道理，他见过许多有酒瘾的人，即使再有钱再有成就，都无法抵御宇宙给予人类的编码，最终身体意识都被酒精控制而荒废一生。那些人永远都会叫最烈的酒，无所事事待在一个地方直到醉得人事不知。没有成瘾者可以清醒离开酒吧，就像一簇火苗不可能从炸药库中安然离开不引起爆炸。酒吧老板恍然大悟，一时不知道该说什么，"嘿嘿"干笑几声，"那个，我是开玩笑呢。你不是那个，我也不是那个。都是开玩笑的，开玩笑的。"

两人相视一笑，化解了紧张气氛。"我叫西蒙尼，这里的老板，喝一杯吗？我请客。"西蒙尼拖来一把椅子，转身把埋在雪堆里的酒倒给他一杯，"这是我的小酒馆，从我爷爷的爷爷那代就开始经营了，虽然破旧但都是历史。"

两个大男人和众多悠闲的游客一样，坐在门口晒着太阳。阿尔卑斯山上的暖阳即使在一月份凛冽的冬天依然和煦，午后的时光，山脚下的温度可以上升到十几摄氏度，众多滑雪者脱掉厚重的滑雪服穿着单衣在古镇中走来走去。

"你来找人吗？"西蒙尼问，"是风罗，昨晚那个女孩吗？"

王之谦摇摇头，"不是的，我是来找东西的，可是怎么也找不到了。"他想起在这里丢失的一切——和她在一起的欢乐记忆，还有用来储存它们的房子，心情就一落千丈。"来两杯昨夜那个叫风罗的女孩给我的酒好吗？"他一口饮尽杯中的酒对西蒙尼说，"我请客。"

西蒙尼怪叫："那酒？你要的酒我这里不卖！"

王之谦感到奇怪，刚才还聊得好好的，怎么又不卖了呢，"我不是瘾君子，我不是已经解释过了吗？想买那酒，只是觉得喜欢。"他想难道刚才干杯的动作又让人误会成了嗜酒者？

西蒙尼晃晃脑袋，他浓密的胡须和脖子上肥硕的肉跟着一起晃了起来，好像在水中晃动的水母，"那酒是我祖辈留下的。我自己都不舍得喝，一直存放在酒窖里没有动过，直到风罗来到镇上。她的味觉真好，所有的酒只要喝过一遍就完全记住，我这里的酒完全难不倒她。如果说，这酒是为某个人的到来而保留到现在的话，我觉得应该是她。所以我让她每天打扫酒窖，让她发现那酒，再用她两个星期的薪水来换这酒。"

"那真的是保存百年的酒？"

"这些酒从我记事以来，一直在酒窖里就没有被移动过，瓶塞被厚厚的蜡封住，瓶身甚至都覆盖了几指厚的灰尘。我以为她会带走卖个大价钱，没想到她却打开和我一起品尝。刚喝了几口，你就来了。那女孩，真是精彩。她有世界上最敏感的味觉，她尝得出每款酒最细微的差别。我多希望有她那样的味觉，可惜我没有，所以我希望她可以喝到那酒。"

"虽然不知道那是什么酒，的确和我喝过的酒不同。我不太喜欢甜的饮料，毕竟在我的教育中清茶才是最细腻优雅的。"王之谦回忆着那杯小小的酒，"它的特色不仅仅是古老年份那么简单，那酒的味道仿佛是葡萄诉说着历练，浓缩了时间的精华，香甜好像葡萄干桃脯杏干一样。它带着糖度，曾经应该是一瓶甜酒，可是随着时间推移，糖分已经失去原来的甜度，而转化成了醇厚口感，厚重温暖就像是大提琴的独奏曲。但这酒最令我惊奇的是它的美妙清澈，如果说它是饱经风霜的老人，可那双眼睛依然单纯如少女。"

西蒙尼瞠目结舌，"你们中国人味蕾都这么厉害，都这么有想象力吗？"他又怎么可能了解数千年文明古国在饮食文化上积累的功夫。

"当然不，我想他应该是个天才。"风罗站在酒吧门口，爽脆地回答。她刚打扫完酒窖准备回酒田看看，正好听到王之谦这段言语，心里也在惊诧。他只尝过一次这酒，就能把它的特性描述精准，虽然完全是外行的形容，可是天马行空的想象力被言语组织得很好。现在的他与昨晚的那个伤心男子判若两人，虽然依旧是样貌英俊、神情憔悴、衣着得体，但是今天这个彬彬有礼的人非常友善，完全不似每个酒吧里都有的找人倾诉的伤心男人。

王之谦心里暗自得意，他并非品酒的专业人士。可这些年来也花了不少时间学习酒的知识，尽管不够系统，但早已成为法国波尔多酒庄联盟的座上宾。

"那你能把酒卖给我这个天才了吗？"

"当然不行，你在要求别人把传家宝卖给你呢！"风罗果断替西蒙尼一口拒绝。

"你还不是一样，把别人的传家宝给喝了。"王之谦虽然感谢她让他喝到这么好的酒，却也怪她多事。

"走，我带你去看看一瓶酒到底需要经历些什么。"风罗说不过他，指着远处葡萄田的方向要带他参观。

时值冬季最冷的时节，葡萄叶子已经掉光，只剩下撑开的棕色枝杈，没有一丝绿色，荒芜清冷。风罗拿着一把沉甸甸的修剪刀，走在田间。

"你看，葡萄树会生出很多枝杈，每节枝杈上都会长出新芽，一颗新芽代表一串葡萄。每棵葡萄树上，留下六个枝杈，就代表明年春天，会开六朵花，秋天就会有六串葡萄。其他都要剪去。剪掉的位置非常重要，因为它决定了明年树杈和树叶的位置，如果剪得不好，树叶就会覆盖彼此，形成阴影，那么光合作用不完全，葡萄接受养分不足，品质也就不会好。我剪的每一下都有设计过的角度，能让枝丫充分向上生长，叶与叶之间有足够空隙，大约是一只鸟的间隔，让鸟在树叶之间穿梭的距离。所以他们喜欢让我在这里做工，情愿用我一个人在这里工作两个月，也不想用几个人同时工作几天。因为我做的是最好的。来年从这里生长出来的葡萄树模样一定跟别处不同。"

王之谦听她讲着理论，有些走神，想起曾经有人在他初入金融行业时教给他的"金字塔原则"：任何事情都可以归纳出一个中心论点，就好像葡萄树的主干。围绕中心论点可以有三至七个论据支持，这些论据本身也可以是个论点，被第二级的三至七个论据支持，像是延伸的葡萄枝丫，状如倒置金字塔，所谓的"不重不漏"就是这样的道理。

看着风罗指着她剪过的枝杈侃侃而谈，王之谦觉得自己有些恍惚，她说话的神态好像自己的恩师。他的恩师讲过，作为金字塔的支持论据，都要满足MECE法则（Mutually Exclusive Collectively Exhaustive），就是彼此相互独立不重叠，合在一起不遗漏。王之谦想象着，领悟到原来大自然与他早已有了沟通，早在他从事资本运营时，自然的道理就已经融入其中。他想象着葡萄田在夏天时候的样子，树叶骄傲地挂在枝头，每片都像是一个笑脸，迎着太阳，树叶之间相互围绕形成的空间就是一只只云雀的形状。

"这里一定会是一片美丽的云雀田。"他赞叹道，风罗害羞地笑笑。

风罗给他看她的手，满满的茧子，破裂的伤口，小小的切口。她满不在乎，"虽然工作辛苦，可是想到工作之后能在各个酒窖里面找酒并喝掉它们，就不觉得苦了。"

"可是你做这样的苦工只是为了喝酒？"这样的想法的确有些不可思议。

"我的梦想是成为懂得葡萄酒的厉害人物，能够对产葡萄酒的地方都了如指掌的人。所以每隔一段时间我就去一个葡萄酒产区工作，用劳力换取对这片土地所出产的葡萄酒的了解。"

王之谦看着她满是创可贴的手，想到昨晚也是这双手拿着小小的水晶杯，里面的金色液体晃来晃去。也许百年前这酒庄的主人是一个美丽优雅的女士，她每天的工作就是穿上缝有鲸骨的巨大绸缎裙子，享受美酒。百年之后，却有这样一个女孩，为了能够喝到它，每天把自己的血流在葡萄园里。王之谦不由得心生敬意。他这才明白为何女孩的衣服显得破破烂烂，原来是每天在田里被葡萄藤划破的。一个在乎每片叶子生长方向的女孩，怎么还能注意到自己的外表？

"你知道你看着这些葡萄树时的表情像什么？特别像《指环王》中的咕噜，口中还念着My precious（我的珍宝）。"王之谦看着这样的女孩，觉得古怪又有距离，可是不得不心生佩服。

"你说到那瓶稻草酒时的样子，不也一样。"风罗不服输地回嘴。

其实王之谦想不起来上一次对什么事情有如此渴望了。当金钱变成账目上的数字，对生活不再有显著影响的时候，他就不知该如何产生这种渴望了。房子被盗的时候，他不在乎；失去米妮的时候，他知道没办法；只有现在，一瓶小小的酒，是他唯一想争取的东西，仿佛能够拥有它成了在这个残酷世界的小小挣扎。他羡慕风罗，那纵然浑身是伤却不管不顾的坚持，那并非对物质或虚荣，而是对着葡萄树，写满渴望的眼神。

Chapter 03

味　道

"要记住，百分之七十的味觉细胞在鼻子里，而不是嘴巴里。品酒最重要的工具是鼻子，其次才是嘴。就好像做爱，百分之七十的时间应该用在前戏，而不是抽插。"米妮背着台词，在京城鼓楼大街的一处古庙内。这处元朝时香火不断的庙宇百年前是慈禧的宏恩观，现在则成为拍戏的场景。她扮演的是一个美艳的葡萄酒讲师，在具有京城特色的场景中开课。

忽然有人走上来，随手拿起桌上一杯道具葡萄酒泼在她脸上。场内一片哗然。观看拍摄的人不多，仅有十几个，上前来的是其中唯一的陌生人。那女子身着亮粉色套装，手握粉红色鳄鱼皮包，现场每个人都以为是某投资人来探班，因此也未加阻拦。她出手迅速，还没有人反应过来，她已转身连头都没有回地摇摆而去。众人瞠目结舌，不知该女子与米妮之间有何冤仇，也不知该如何反应。米妮连眼睛都没有眨一下——睫毛上还挂着的红色酒珠反着光，像是红宝石——便未置一词转身而去。事发突然，根本来不及看清楚对方模样。

庙宇幽暗走道的尽头，就是她的休息室。那里有一张巨大的月亮床，有着精细雕花的鸡翅木顶，睡在里面就像是睡在一个精致的鸟笼中。米妮最近拍戏也就一个人暂住在这里，深夜的庙宇空无一人。她喜欢在寒冷冬夜，高高的月亮下赤裸下床，只裹着白色床单像一只冒着热气的肉丸子，跑到庙另外一头的洗手间洗漱。那冰凉马桶贴着她的屁股，激起层层酥麻刺激，跟酒或男人给她的愉悦一般。

她换下那件被酒水浸得斑驳不堪的衣服，扔到一边，内衣也都被浸湿。赤裸的身体裹在毛巾之中，瑟瑟发抖。皮肤染上红色的酒，艳红得像血一样擦拭不净。

也许是重新独自生活给她带来的恐惧和不安，更多时间她脱离不了世俗物质所带来的舒适感，选择住在酒店中。她喜欢带着金色臂爪的浴缸，踩着随时都温暖的板岩地板，时时有服务人员送来烤热的毛巾、可口的食物和冰镇的香槟。哪怕遇到再烦恼的事，只要床够暖，茶够香，酒够冰，也就不那么值得抱怨了。只是她忽然渴求一个人的怀抱，可以保护她不受伤害的人。可伤害人的不是陌生人，他们做不了什么，伤害人的永远是感情。

"对不起，我不知道那女的为什么会这么做，也没有人知道她是谁。"长形雕花木头窗外，助理的声音有些颤抖。米妮从来没有被酒水泼过脸，但糊了一身一脸的红色液体甚至比一个响亮的巴掌还让人难受。

"这不是你的责任，"米妮轻描淡写地说，"以后对片场加强安保吧。"

"刚才讲到味觉细胞大部分聚集在鼻腔，使香气成为葡萄酒品尝的重要环节。除此之外，鼻子更重要的作用是在我们品尝酒之前，确认酒没有变质。一旦喝到变质酒，就一切都晚了，酒已然下肚。所以我们需要嗅觉来确认品质，大家首先要熟悉的就是变质葡萄酒的味道。"米妮继续朗朗背诵台词，仿佛刚才那幕根本没有发生一般。

北京的深夜，正是欧洲的傍晚。告别了工作中的风罗，王之谦虽然口头不肯承认，却已经对她的专业知识十分佩服了。自认为对一切敏感的人，遇到了一个对四周完全不敏感，只顾一头扎进葡萄酒的人，仿佛是对他努力经营的顽固价值观的嘲笑。

在霞慕尼的餐厅里，他一个人，却丝毫没有寂寞的感觉。这么多年来，他早已习惯了独处。

这家叫作艾伯特一世的餐厅有着包罗万象的酒单，每当王之谦陷入选择困难或者陌生孤单时，他解决的办法很简单，就是点上面最昂贵的酒。那瓶酒就是来自法国勃艮第的罗曼尼康帝[1] 1996年。令人惊奇的是这款本来动辄十几万的酒在餐厅里的售价只有外面的一半。他有些迟疑又有些惊奇，虽选择了这款酒，心里却想的是：不会是假酒吧。

侍者似乎看出了他的迟疑，笑着解释说："我们这家餐厅是少数与罗曼尼康帝有往来关系的餐厅，在这里点的酒都直接来自罗曼尼康帝酒窖。由于这款酒过于昂贵而且每年只有五千瓶的产量，往往会进入一些富豪的私人酒窖不见天日。在这里，用比市面便宜的价格让人们能够真正享用它，是我们的最终目的。您是真正的老饕呢。"

王之谦微微一笑，心里接受着想象中众人的掌声——"对于酒的品位，我又怎么会差得了。"他扬扬手说："没问题，那我要两瓶，一瓶在这里喝，一瓶打包。"侍者的表情有些扭曲，下巴垂落了很久才恢复到原处。

"先生，您想要两瓶没有问题，但我需要提醒您，因为这款酒的特别性，它必须在本餐厅打开才能销售。就是说如果您想要

---

1. 罗曼尼康帝（DRC，Domaine de la Romanee-Conti）：不知道从何处流传了一句话："如果是亿万富翁，那么就要喝DRC。"为了匹配身份，罗曼尼康帝就成了富豪们彰显身份与权势的皇冠。它拥有法国勃艮第地区最优区的数块特级园。得天独厚的地理环境，加上数百年前康帝王子的垂青，它的价格越高产量越稀少就有越多的人追捧。每年产量仅有五千瓶左右，多数落入藏家手中，每次葡萄酒拍卖，它的价格都会被刷新到更高。2013年苏富比拍卖行拥有它最贵葡萄酒价格的世界纪录：一百一十四瓶价值一百六十万美金。无论谁开启它，都应该是生命中绝美的相逢。

带走这款酒，我们必须替您打开它。只有这样，才能保证这瓶酒是被饮用掉的，而不是被放入了私人酒窖储藏。"

真是命运多舛啊，王之谦不得不感叹。自从来到了法国，他就不断被法国人的傲慢激怒，经过了这么多天的磨练他甚至连发怒的气势都没有了。他点点头，"好吧，那就开一瓶好了，我要与你们这里的夏羊排搭配。"

"好的，先生，没有问题，稍后就来。"侍者微微点点头，不亢不卑，面无表情地离开，可是心里或许有着不同想法，最近一大拨中国土豪入境，虽然豪气无比点好酒吃好菜，但是小费给得可怜，让他觉得是在浪费时间。

侍酒师很快把酒拿来，打开之后倒了少量入杯，等待王之谦喝上一口确认后，才将剩下的倒进醒酒器。酒在口中顺滑地流过，仿佛是睡着的孩子般安静，轻轻柔柔散发着它的气息。那是一种温柔的香气，吸引着王之谦不想要等待，或者说是一种无法抑制想要挥霍的情绪。

杯中的酒散发出紫罗兰和成熟樱桃的气味，可它是罗曼尼康帝，所以王之谦期待着更多的东西、更多的变化，不仅仅是酒所带来的感受，而应该是少女颈间肌肤的那股香气，是五月露水草地上的阳光，就好像宝玉凑近黛玉时"只闻得一股幽香，闻之令人醉魂酥骨"。可是期待中的东西在哪里呢？王之谦有些焦虑地转着杯子。酒液从口中滑过流入身体，他以为会感到四体通透，就如同把手轻轻探入米妮的衣衫，冰肌柔骨在掌心似乎要化了去。可等了很久，那种感觉却一直没有出现。

一直以来王之谦觉得人生不能够征服的事情不过几样，感冒、爱情，还有自然。当它们到来的时候，除了静静感受它们的发展变化，再没有别的办法了。此刻，杯中这款酒竟成了另一个他无法征服的东西。不知道是不是因为太过年轻，或者在瓶中醒的时间过短，它太过深邃还不想打开真实的自己，就算再摇晃杯子让酒液与空气充分接触，它也不过是吝啬地抖落下裙裾，只隐约看到裙裾里面诱人的酮体。

王之谦猛烈摇晃杯子，红色酒液在巨大的巴卡拉水晶为罗曼尼康帝定制的杯中如同惊涛骇浪。令人眩晕的摇晃都能把死人从睡梦中惊醒，可是杯中的酒却丝毫没有展露模样。他对酒杯的暴力引起四周客人诧异的眼神和窃窃私语。侍者看着他对待酒的粗暴行为颇不以为然却只能摇摇头不置一词。在众人的目光下，他焦躁得连美味的羊排都无法下咽了。无法忍受围观，还有不肯打开的酒，王之谦站起身来想要离去，可看看那瓶酒又有些不舍得，只得让侍者把酒从醒酒器再倒回瓶里，塞了，奔去了酒吧。

他也许不肯承认，或者只是潜意识里面的念头，他点那瓶酒的时候就是想与人共饮的，与那个跟他分享珍贵稻草酒的人。

风罗工作完毕回到酒吧，把腿伸到火炉前吃着晚餐。牛排老得咬不动，西兰花粗且水，马铃薯心硬得象石子，她还是愉快地望着跳动的火苗，心想吃饱了就能喝一杯了。与刚才在冷风刺骨的田地里跋涉相比，眼下坐在熊熊火焰的壁炉前烤火简直是进了天堂。她喜欢这样的生活，耗尽体力和脑力的生活。衣来伸手饭来张口的日子固然舒适，可若天天如此便会心生厌烦。

当王之谦拿着那瓶久负盛名的罗曼尼康帝酒走到风罗面前时，风罗被他的好意吓了一跳，更没想到自己大嚼大咽的样子会落入他眼，于是尴尬地拿起酒杯，掩盖口中塞满的食物。

就在酒刚入口的瞬间，壁炉中的火花都昏暗了。"带着樱桃、小野草莓和更多成熟果实的芳香，都是极度精挑细选的果实，像是筛选了几轮才用来酿酒的。每颗葡萄都带着最佳的酸度甜度和一致的成熟度。甜美华丽，变化多端，成熟，诱人！"风罗享受着这杯带着王者风范的酒，连阿尔卑斯山的积雪都变得灰暗冷淡。

"这酒太美妙了。"连西蒙尼看到都要凑过来分上一杯。

"它的单宁完美包裹在果香当中，象是丝绸般顺滑同时又强劲有力。"风罗不断赞叹，西蒙尼点头同意。

王之谦有些彷徨，拿着杯子，直到饮入口中才明白他们的意思。原来这酒开瓶后一个小时才展现出光芒，尤其刚才经过了倒入醒酒器再被侍者倒回瓶中的双重醒酒过程，酒才完全地打开来。大家滋滋有味享受酒的美好，都忘记了说话。许久王之谦才打破了平静："那个，你刚才说的单宁是什么？"他虽然自诩懂酒，可关注的只是品牌价格和酒标，对酒的内含物不以为意，总觉得是一群无所事事的酒评人编出来的故事。

风罗这才从美酒梦中醒过来。她曾无数次想象喝到罗曼尼康帝的感受，却没有想到是这么美好——那是爱丽丝坠入兔子树洞的一瞬，如坠云中，看不到云彩后的风景。她这才想起要感谢酒的主人，尽管这主人还没有找到口中单宁在哪里。

"品酒依赖的是味觉没错，但是我们的口腔里除了遍布味蕾细胞，还有很多触觉神经元，这些触觉神经元控制着我们的大脑运作。与其他酒不同的是，葡萄酒能够给我们最多触觉神经元的刺激，它凭借的就是单宁、糖分和酒精。"风罗边说边在王之谦的面前摆放了几样东西：一个皮夹、西蒙尼的毛皮大衣、她的丝绸围巾、花盆里的一把沙砾。

"单宁是一种物质，它来源于葡萄皮、葡萄梗、葡萄籽，简单来说就是我们吃葡萄时，咬到葡萄皮时令口感发涩的物质。它在葡萄酒中的功效除了抗氧化和抗炎，更重要的是它能在嘴巴里刺激触觉，给我们不同的感受。"她抓起王之谦的手放在一把沙砾上，"例如粗糙的沙砾感，"又把他的手放在毛皮大衣、皮夹和围巾之上，"没那么粗糙带一点细致就像是毛皮，光滑的像是皮夹表面，或者是丝绸。"最后她站起身拉近王之谦，把他的手放在他自己的羊绒毛衣上，"这样的羊绒或者丝绒的感受，有没有特别舒服，像是有人在轻抚肌肤的感觉，这些口中的触觉表现都是单宁。"

"单宁我理解是触觉，可为什么甜度与酒精也是触觉呢？甜不就是喝上去的味道吗？"他有些不解地问。

"这很简单，手指触摸糖类液体时，譬如蜂蜜，手指虽然没有味蕾但仍然能够感觉到高糖分带来的黏腻感。这就是触觉，就是在口腔中的丰富感受，"风罗回答，"而酒精的触觉表现就是热感、烧灼感，还可以增加酒体的厚重度。"

王之谦第一次靠她那么近，她没有搽过香水，带着干净的味道，像是蓝天白云下的空气，细闻又有些杏仁的香气。他有些失神，手还在她胳膊上不经意地抚摸着，像抚摸着一只乖巧小兽。

"所以流浪者，告诉我你为什么来到这个地方？"王之谦问风罗，"你不会是离家出走吧。"

"你怎么知道？"风罗瞪圆了眼睛，王之谦没想到自己一语中的。

风罗拿起酒杯了，喝了一口，"就是因为没有什么事情是未知的啊。在家里，一切都是平静的、安稳的、安排好的。我可以看到这辈子每一天每一秒中的样子。令人绝望的不是什么都没有，而是什么都有了，却对它们毫无欲望。"

"小女孩，就这么忧郁。'王之谦笑她，"所以你就放弃做温室里的花朵，而来体验这残酷的世界了？"王之谦调笑她。

"不，这世界不残酷。是你想要的东西残酷。如果想要的是金钱，那金钱就是残酷的；如果想要的是时间，那时间就是残酷的。"风罗摇摇头说，"你之所以感觉到残酷，不过是求而不得罢了。希望那个女人值得你为她伤心。"

　　"你怎么知道的？"王之谦有种被利剑刺穿般的穿透感。没想到一个小丫头也有这样的眼力。

　　"太容易了。这个年纪的男人要么是为钱要么是为情。显然你不缺钱。"风罗耸耸肩说，她只是单纯，但不天真，"我也想像你一样，感受一次残酷的求而不得。就这样。"

　　"那你想要的是什么？"王之谦伸出手，给她再倒了一杯酒，"爱情吗？还是金钱？"

　　"我没那么多要求。我只想真真切切感受一下自己。不是温室里的我，不是附属品，而是我自己。哪怕是最底层的农夫，只要是我自己。"风罗说，"你知道我爸爸为什么给我起名叫作风罗吗？是松尾芭蕉曾经提到的，百骸九窍之中有物，名为风罗。他期望我言之有物行之有物，可我，每天吃尽饮尽享尽人间美物，却什么都没有留下。你说我是不是很没用？"风罗有些喝多，言语不停，"我只期望有一天能成为自己。可是来了这么久，我连自己会做什么、能做什么都没有找到。如果有一个爱情，让我可以像你一样感觉得到痛也许也不错。"

　　"傻丫头，哪里有羡慕人失恋的啊。"王之谦笑她。"要不然你来追求我吧。我让你体验一下失恋的滋味。"两个喝醉的人说着醉话。

"你？"风罗忽然凑近王之谦，"你比较适合一夜情。"她说，"看上去就是不黏人的那种。"

"不黏人？你说得对，我大概就是因为不黏人才失去了她。"王之谦想起了往事又有些心痛。

"哦，原来你是那种人。"风罗似乎明白地点点头。

"哪种人？"王之谦问。

"那种习惯逃避自己感受，把感受都藏在心里而不是直接去面对，以至于对方感觉像是在跟一面墙壁交流。"风罗说。

"你说得太对了！就是这样！"王之谦一口干掉杯中的酒。"我就是被她说成了一面墙壁，怎么踢都只会踢疼自己。可是我又有什么办法，我从小就是被这么教导大的。男人宁可流血不流泪。"王之谦像是遇到了知己，"你怎么知道我心里怎么想的。"

"这不是当代男人的通病吗？"风罗微笑着看他。

"那你说我该怎么办呢？我就是这样的我啊，她为什么不理解呢？"王之谦问。

"再往下问，我可要收心理咨询费了啊。"风罗笑着说，"还是要我给你看看手相？"

"都行都行，心理咨询手相你要什么都行。"王之谦喝多了地说。

"那我要你这件羊绒毛衣。最近这里降温了，我正好需要它。"风罗似乎蓄谋已久地说。

"好眼力，浑身上下，最值钱的东西被你发现了。"王之谦脱下毛衣裹在她脖子上，"现在你可以说了吧。"

风罗拿起王之谦的手煞有其事地看了一会，说，"嗯，情感交流障碍不过是你的自我保护机制。实际上你是一个很敏感的人。"

王之谦大惊小怪地点头，"接着说，接着说。"

"其实很简单，熟能生巧。下一次感情，你会做得更好的。至于这一次，你应该感谢她的离开。至少现在不用担心她随时会走了。"

"可是她走了我还剩下什么。"王之谦的手扭曲不安，像是被烫了一般收了起来。

"光看着剩下些什么可不行。"风罗看着他，煞有其事得像个心理医生，"看到的要是你还能重建些什么。"

"重建些什么，我除了她我无所求。吃得更好穿得更好还是赚得更多？那些我都有了。"王之谦说。

"那就找点别的。"风罗并不把话语停留在他的痛苦上，"你如果像你表现得那么聪明和智慧，你就能够找到点别的。"

"找点别的？"王之谦重复着风罗的话，一饮而尽。

Chapter 04
酒窖计划

米妮其实并不是本名，而是第一次演戏时的艺名，结果一炮而红沿用至今。米妮本来的名字，只有王之谦会偶然叫起。

米妮和王之谦婚前感情美好，即便彼此都忙着工作，但只要有机会见面就痴迷性爱，从不停歇。结婚前夜，他说要给她办一个单身派对，邀请了众多友人，结果两人饭还没吃几口就扔下朋友，到酒店房间不停做爱。如果日子都这样过，那就叫天堂而不叫人生了。

当米妮越来越厌倦王之谦的那些应酬，厌倦他把自己当作装饰门脸的花瓶，又或者瞥见他的短信内容"你在干吗？我想你了"，姓名栏还备注一行字"投行琪琪（肤白有臀）"；再或者他与各种女性拍照肆意乱发的习惯，都让她恶心不适。她无数次梦见陌生女子悠然自得地坐在他们两人的床上，高高跷起涂着红色蔻丹的双脚，看着她说："我把你丈夫照顾得很好。"

"如果粉丝知道，大名鼎鼎的女演员米妮常一个人出现在酒吧喝酒，会有什么感受？"三里屯附近冷清的酒吧里，有个人坐到米妮旁边，打断了她的思绪。"没有化妆，自带电子书阅读器，半盘食物和一瓶酒，我知道你来酒吧不是找人聊天的。"这个人穿着剪裁合体的衬衫，袖口处还有精致的袖扣。

　　"我认识你？"米妮抬头看了看他，并不记得这人的模样。她从酒店房间下来不过是想在酒吧随便吃点东西。

　　他眼神飘忽，看她又没在看她，"这么漂亮的脸庞，这么美妙的身材，有人知道你的每个夜晚都是一个人浪费掉的吗？忘了自我介绍，我姓冯，是个电影导演。你现在肩膀收紧、双手护胸、膝盖翘起且指向我，都说明你很警惕而且不喜欢我的话题。"他刻意靠近米妮顶起的膝盖，它们仿佛是盾牌将两人分隔出安全距离，"你放松些，就像我说的，我不是坏人。"

　　"那你是来为你太太道歉的吗？"米妮并没有松开护在胸前的手，手肘反而更像是在瞄准般指向眼前的男人。她的问话让对方吃了一惊，"冯先生，别惊讶。和导演一样，演员需要关注细节，虽然片场没有追踪到你太太的讯息，但你的袖口有和你太太一样的花体手绣字母，非常容易识别。"

　　"是的，那的确是我太太。她不过是给你个警告。倘若你再拒绝我们的戏或者接我们不喜欢的人的戏，恐怕你的下场会比今天下午更惨。我过来，与其说是道歉，不如说是好奇，原来卸了妆的米妮也不过如此嘛。女演员就好像是色彩斑斓的糖果，没人会为了外面那层糖纸而想要得到糖果。是好看的糖纸，一旦我们吃到糖也会变得无用了。"

"有人爱收集糖纸有人爱吃糖，"米妮丝毫没有被他的言语吓到，"这跟喝酒一样，有些人喝完全是为了酗酒饮醉，品味味道跟他们没有任何关系。看你是哪种人了。"

"我是哪种人？你要试试吗？"他把手放在她的膝盖上。

"冯导，来找演员啊。可惜这位我已经签了，你得找别人了。"一个男子出现在他们之间。米妮看到是何连才松了口气。何连比她小七岁，是米妮读电影学院时导师的儿子。两人自小认识，他现在已是小有名气的制片，米妮正在拍的这部片子就是他一手操办的。

"原来约了人啊，"冯导摸摸下巴，若有所思的样子，"的确，制片和演员总是不清不楚的。"

"真可惜今天那杯酒，应该是泼在你脸上的。"米妮站起身只跟何连点了下头，不怎么自然地走出去，像躲着一只流着涎的怪物。

离开王之谦的日子不得不说是苦的。尽管他们的婚姻从来就没有对外公开过，也因此在分手后避免了许多无聊的同情和嘲讽，可更多的苦来自内心。米妮已经连续很多天从梦中醒来都带着难以抑制的需求。她把这归结于离开王之谦的不适应，才让身体如此渴望男人。她不断梦到在不同的场合——沙滩、医院、教室，她被打扮成不同的角色，每夜和不同的男人交缠。那些男人长相俊美，无一例外的都有着王之谦那样结实有力的腿、平坦的耻骨、高翘的臀和黝黑发亮的皮肤。早晨她醒来时还清晰记得那些画面，俊美的男子从海边走来，只穿着一条宽松短裤，边看着她的眼睛边吻她的手指。

她不会想到就在此刻，世界另一端的王之谦在他的平板电脑前喷发了，画面定格在"素女之沙滩奇遇"——没有人知道这其中的联系。

王之谦在酒吧，跟西蒙尼交涉许久，在他的逻辑下，通过交涉没有什么是得不到的。在他丰富的商业沟通技巧和好脾气的软磨硬泡之下，西蒙尼才扭捏地说如果肯买下他酒窖里面三分之一的库存，他才肯出让那一瓶酒。精明的法国人，早就看出来他志在必得的心情，所以不会着急，悠然自得准备好好敲一笔。虽然那一瓶稻草酒的价格和风罗之前拿到的一样，是她两个星期的工资，但其他的酒能让他足足赚上一笔了。

"你为何不拥有一个自己的酒窖呢？这样你就可以储存酒，并且拥有自己的百年老酒收藏了。"西蒙尼对这笔交易很满意，毕竟他拥有了一大笔可支配现金。酒吧的屋顶需要整理，下水管道也年久失修，他还想要给这房子装上中央空调，欧洲的夏季越来越热，没有空调的房子太难熬了。拥有一座老房子虽然让人羡慕，同时也需要花费大量财力去维护。

王之谦正发愁这猛然多出来的千瓶酒该如何处理，建一座酒窖不失为一个办法。他心里蹦出一个有些疯狂的想法，可以让风罗来替他工作，借助她对葡萄酒的丰富知识，以及她古灵精怪的性格，还能再收集些古老而稀有的品种。这样，她就不必在葡萄园里风吹日晒，还能喝到更多的酒。建酒窖也许只是他的一个借口，在无法探知的内心深处，他想帮助这个孩子更接近她的梦想，又或者能够拥有一个珍藏稀世佳酿的酒窖也是他自己的梦想。

尽管佩服风罗的专业精神，王之谦还是对老好人西蒙尼给予她盲品能力的夸奖有些不以为意，总想要测试她。他倒了一杯自己正在喝的酒递给在火炉前烤火的风罗。"喝杯酒暖暖身吧，告诉我是什么酒。"他问。风罗一摇杯子，那清新红色果实的气息就开始弥漫，这个时候若是闭上眼睛，满满一盘的红樱桃、草莓、李子就出现在了面前，又带着新鲜香草和杏仁坚果的气味。风罗喜欢它并不强悍的橡木桶风味，没有过多使用新橡木桶。酒体柔软清淡，却输在结构松散、不够饱满。

"嗯，来自波尔多以赤霞珠[1]为主的左岸葡萄酒，强烈

---

1. 赤霞珠（Cabernet Sauvignon）：传统的酿造红葡萄酒的优良葡萄品种。原产自法国波尔多地区，适合多种不同气候，被普遍种植，2010年全世界已达到了三十万公顷，占全球酿酒葡萄种植面积的三分之一。赤霞珠酿造的红葡萄酒是浓郁型红葡萄酒，适合搭配口味浓重的菜肴，其中的青椒味道是赤霞珠不够成熟时的标志。

的植物性香气带着不成熟的青草树叶的芳香，说明是2010年的。"2010年那样过热的天气，对赤霞珠来说并不是很好的生长环境。在波尔多，炎热的天气使葡萄成熟得太快，甚至由于过热而停止了生长，最终采下的果实都没有达到理想的成熟度。

风罗说："充满着新鲜感的浆果，然后口感却软得似泥。"

王之谦看她品酒的样子，实在好奇她说的是否准确，就直接拿起她的杯子喝了一口，点头同意："直接可爱的香气，很讨人喜欢，好像小女孩没有长大。"又说："这好像是初吻嘛。新鲜好玩得很，却是小孩子的游戏；香甜可爱，但没有什么技巧。"他拿着风罗的杯子，那杯子里除了酒香还多了一些别的味道，像是甜美的杏仁奶，他忍不住想象成是风罗呼吸的味道。

"你的初吻是什么时候？"风罗忽然问。王之谦脑子里面一阵迷茫，"几岁？或者十几岁？"那个时候，以为丘比特的箭会永远刺在心上，以为爱情的天神会永远守护身边；在银色月光下长久徘徊就以为是思念的浪漫；在比深夜还要黑暗的黎明不眠，仿佛有了另一个人的赐予就可以穿过森林和火海；为见一面翻越邻居的院墙和她的阳台，再没有别的时刻可以如此饱含着力量和勇气了。直到那火焰熄灭，只剩下燃烧后的空壳和灰烬的时候才发现，丘比特也许再也不会在同一颗心上浪费第二支箭了。那女神般的身影在临幸过一次后，一去不复返了。就算还会喜欢一个人，但心里面知道——那样的感觉不会再回来了，那任意放肆的感情已经被挥霍掉了。他想着米妮，没有说话，就把她当作勃朗峰上的白雪，珍藏在无人可以触碰的角落，只供自己去膜拜吧。

风罗并没有注意到王之谦出神的模样，她完全被他带来的火腿和面包所吸引。在田地里辛苦了一天，她又冷又饿，回到酒吧最渴望的不是酒而是能够填饱肚子的食物。要知道能边烤火边吃些东西，是她此时最向往的事情。"我能吃点吗？"风罗开始还有些害羞，得到他的许可后，雀跃地拿起面包塞入口中。

"你请我喝一杯吧。"王之谦已经端坐在火炉的另一旁，着迷地看着这个姑娘狼吞虎咽地进餐，心中不免有些怜悯和心疼，这样出身贫穷而勤恳踏实的姑娘已经很少有了。"我知道你还有稻草酒藏在酒吧里。"与西蒙尼相处几天，已经让王之谦和他成了很好的朋友。王之谦对酒的了解越来越深，更了解甜酒的储存时间比普通干型葡萄酒要长，开瓶之后不必马上喝掉，只要密封冷藏就可以放很长时间。西蒙尼因为做成了一笔大生意，格外友善地向王之谦透露，风罗把喝了一半的稻草酒就放在店里。

她摘下那顶牛仔帽，拂了拂自己的乱发，慷慨得像个富翁，"当然可以。"风罗热爱酒，因为那是分享而生乐趣的东西。但她没想到的是，这人如此锲而不舍，几天来一直出现在同样的地方，不断地学习进步，而他对酒的灵敏也让她感到惊异。她第一次见到他的那夜，他只是一个饮酒闹事魂不守舍的失恋者。

"不过首先，为了感谢你请我喝酒，我也为你准备了一瓶酒。"他拿起酒瓶，是他从西蒙尼酒窖收藏中购买的那支1955年玛歌酒庄。他兴奋地用刀削开封鞘，手指随着刀刃转了一圈，封鞘被完整地切开，"这个东西还真是锋利，我练习的时候还割破了手。其实我开这瓶酒，更重要的目的是希望你能接受我的提议。"

风罗看到这瓶酒的时候眼睛都亮了。波尔多最经典酒园的老年份葡萄酒，可望而不可及的酒。她无数次打扫酒窖都看到它，本以为此生都很难有机会喝到一回，现在竟然就在眼前。许多年后风罗有很多机会喝到玛歌酒庄的酒，可是就同她想的一样，再也没有机会碰到同一年份的1955年玛歌了。注意力完全被这瓶酒吸引，她甚至没有听王之谦说了些什么。

"风罗，你很有天赋。这点，整个镇的人都感受到了。可是你缺乏对葡萄酒的实地了解和更多品种葡萄酒的品尝经验。我现在想做的事情就是建立一个自己的酒窖，收集世界著名的葡萄酒，同时凭借你的能力发掘更多像是稻草酒这样并不被世人所知的酒。我们共同建立世界上最奢侈的酒窖吧！"王之谦滔滔不绝的同时把酒倒入了风罗的杯中。这流畅的开酒过程，其实很辛苦。王之谦在西蒙尼的酒窖里花了许多时间，开断了许多瓶塞，才掌握住怎么用阿叟酒刀把老酒塞不损分毫地夹出来。阿叟酒刀与常见的开酒工具都不同，它是由两个薄又长的金属片组成，使用起来颇为麻烦且费力气，通常是用来把被岁月侵蚀得柔软不堪的酒塞完整夹出来。它轻盈小巧，不穿透不破坏酒塞，但需要格外的技巧，所以只有在少见的老酒开瓶时才会用到。

风罗被他勤学苦练的行动打动，在他的密切注视下，用手拿起杯子悄无声息地摇晃了一下，放在鼻前闻了闻，并没有喝。这是瓶她从来没有喝过的老酒，她有些迟疑地稍稍抿了一口，若有所思地把酒放下，她觉察到酒已经变质，没办法喝了。王之谦还沉浸在自己伟大的计划中："我觉得我们会是很好的搭档，这可以实现你的梦想，到世界各国的产地去，感受当地的土壤给予葡萄的风格。而我的酒窖也将成为最丰富、最昂贵的私人酒窖，让所有人羡慕的酒窖。不过，你怎么不喝呵？"

"不行。"风罗小声但是坚定地说。她拒绝，可是又找不到拒绝的理由，心里反复联想到的是有钱人的游戏。但是能够在葡萄酒产区品尝各款特色的酒却是她最向往的事情，现在居然有人付钱来让她做这事，简直是梦幻。可同时她又很困惑于面前这个人喋喋不休又带着野心说出的内容。他要的是最奢侈最豪华的酒窖，那不过是富人挥霍的理由，有无数奢侈品公司可以为其提供各式各样的服务，与她这个一文不名的人有何相干？怎么期待如此浮夸、炫富的人对葡萄酒的理解会跟自己一样呢？

"什么不行？是开酒不行吗？"王之谦愣了一下。

"不行，是因为酒已经变质有木塞味了。"

"木塞味？怎么可能。你看木塞我可是完整开出来的，没有一点损坏，根本不可能变质。"

"木塞味的变质，指的并不是酒瓶里木塞变质了。它指的是酒液受到了TCA[1]这种霉菌的感染，酒液有了木塞的味道。这瓶酒里就有了这样的味道。"风罗耐心地解释，她知道这是王之谦精心准备的一瓶酒，应该抱着隐忍礼貌的态度把它喝完，毕竟那代表的是一份心意。可对葡萄酒的专业精神使她无法接受一瓶变质的酒，她学葡萄酒这么久以来最不能接受虚伪说谎捧臭脚的人。王之谦拿起杯子，放在鼻前，湿纸板的沉闷味道伴随着果香澎湃而出。他虽然不知道木塞味是什么意思，却觉得有点道理，不怒反笑了："我没有看错你，我喜欢的就是你的诚实。很多时候，我们遭遇很多人，那些人有着自己的想法和利益，因此从来也不会说实话。我不想这样。我不想仅仅因为它是一瓶昂贵的酒，所以没人敢说一个差字。所以你注定要为我工作。"他充满自信。

风罗本能地拒绝，这次没有犹豫。"可是我并没有想为你工作。我爱酒，不是因为它奢侈，它高人一等，它浮夸，而是因为它自然，它源于土地，它充满生命力。对不起，你想要的满足感，我和葡萄酒都不能给你。"她没有说出她的怀疑——这种条件好到过分的建议往往都有隐情，不需要深思熟虑就可以感觉到

---

1. TCA：一种可以在葡萄酒里引起发霉腐烂味道的化学物质。此化合物的形成来自植物的酚类物质、氯、霉菌的相互作用。往往因天然软木塞接触到以氯为原料的清洁品而生出。传统木塞在使用中，有3%的机率被污染，几乎无法避免。因此餐厅都由侍者先斟少许酒液，检查是否有TCA，如果变质，可以退换。

不合时宜。她站起身离开，留下那瓶一口未饮的酒。

"王之谦，虽然它是五十多年前的老酒，我本没有责任，而且我也没有另外一瓶可以换给你，但是既然这酒变质了，我就一定把钱退给你。"老好人西蒙尼看着他脸色不对，虽然听不懂发生了什么，还是猜出一些内容，过来安慰。西蒙尼提醒他，上次被人拒绝，就是几天前，也在这个酒吧，为了一瓶酒。可无论如何他还是得到了他要的。既然他要的是一个酒窖，又不是这个女孩，又何必纠结呢。王之谦一口气饮尽了杯中酒，带着酒杯上风罗杏仁般的味道，赌气想着："她说变质了我偏要喝！"

Chapter 05
挑　战

　　王之谦早晨起来有些后悔昨天的意气用事。凭着他的味觉，即使不懂酒，分辨出优劣也并不是困难的事，若不是较劲，他也不会赌气把酒喝完。以至于现在口干舌燥，甚至有些腹痛恶心。正因此，当他看到亮亮的时候就好像看到了救星。

　　"哥，你一个人在这里怎么生病了啊。"亮亮是他的私人助理，已经有了十几年的兄弟感情。这次行程，亮亮在巴黎等他，本以为一天能处理完房子的事情就回到巴黎。没想到一拖许多天，亮亮按捺不住就过来找他，却看到他声音嘶哑、憔悴无力的模样。

　　"哥，那你让我从波尔多叫来的葡萄酒专家，还见不见了？他说带了很多酒给你。"王之谦这才想起昨晚在酒吧打电话给亮亮，让他迅速找一个能够帮他收集世界名酒的葡萄酒专家。醉梦之中似乎有电话响起，说专家找到了。他迷糊应答，转身睡去了。因为那时他梦到了米妮，她那白色的身体被深深地按在床上，看她挣扎着扭动身体的模样就像是条水里的鱼。

"这个葡萄酒专家据说非常厉害，专门负责销售到中国的葡萄酒。认识很多酒商，在法国有很多资源。我让他把不同价位的酒各选择一箱带过来让我们试试。"

"好吧，那就这么决定了。风罗即使不参与，我也能得到我想要的。"王之谦对自己说。

风罗回到居住的地方，有些后悔。她的房间是酒庄里的工人房，在最偏僻的角落，阴冷又少见阳光，那巨大石头的缝隙里时不时飞出大若硕鼠的飞蛾。作为一个工人，她知道尽管所有人都对自己很好，但自己与那些被请到酒庄居住的上宾是不一样的。今天抵达的这位，也是来自中国，据说是国内著名酒商的女儿，就住在酒庄最好的房间里。那个房间，她也曾去过，有着白色雕花棚顶的大床、蕾丝的帘幔和彩色的玻璃窗。风罗对自己说，有一天在葡萄酒圈闯出名堂的时候，她也可以住在那里。她只是需要多一点点时间和忍耐。

然而需要忍耐的不仅仅是恶劣天气。午餐时间，她帮助庄主太太把午宴的酒拿到阳光房去。在这里每个人都有自己的职责，就算是庄主太太也要为客人们准备午餐和酒水。阳光房是风罗最喜欢的房间，如果没有客人，中午闲暇时她总在那里喝上杯咖啡，与一只叫作丹的大狗晒太阳。她小的时候家里也有一个玻璃顶棚的阳光房，因为长辈们喜欢新鲜花朵，花圃园丁会安排应季的摆设。春天有桃花杏花，夏天则是玫瑰山茶，秋天有绣球菊花，现在这个时候则应该是君子兰和郁金香。从阳光房望出去，可以清楚看到家中庭院分为花园、果园和蔬菜园三个部分。在果园最角落有一片宽阔的土地，四周松柏围绕，中心是一棵巨大的无花果树，足足有百年历史。祖父说他搬进来的时候那棵树就已经了。从果园角落蔷薇拱门出去就是几亩菜田，其中有几十种蔬果，家里吃的所有新鲜蔬菜都来源于此。风罗记得自己还没有竹架高的时候就爱跟农工一起干活了，把黄豆秧苗扶捆上去，让它们顺着爬蔓。她爱播种耕土施肥，看那生机勃勃的生命茁壮成长直到硕果累累。家里人甚至园丁都不明白她对植物的热爱从何而来，每次找不见她，祖母就会朝着院前栽种着几行松柏的小路上喊，她必然是在哪根树杈上挂着，看着云彩和树洞。对自然的热爱从那时就深深浸入骨髓，各种类型的香气味道伴随着她成长，因此葡萄园工作她做起来驾轻就熟，还时不时唤醒她多年前的记忆。

正在阳光之中沉浸于回忆，有人发现了她。"你就是庄主口中的中国女孩吧。他们说你不仅工作做得好，味觉也很厉害。"

"啊，你就是著名的张敬之吧？你来之前我们就说过你很多次了。听说你还在摇篮的时候父母就带你品尝世界各地的葡萄酒？"风罗羡慕地说。她的样子真美，雪白皮肤上面完美的妆容，鲜艳的口红，显得娇艳欲滴。她高又瘦，身着定制丝绒衣服，戴着颜色艳丽的丝绸围巾，头发被精心烫卷得好像小鸟的翅膀，眼睛大而深邃，长长睫毛向上卷曲，看人时候眼神抬高半寸，仿佛所有人都不在她的视线之内。

这世上的女子很多，美丽的女人占了很大比例，但能做到每个细节都完美精致的人并不多。美丽女子各有特点：有卖萌吐舌嘟唇的小可爱；有皮肤白如吸血鬼，恨不能吊在男人臂弯随时昏倒的柔弱女子；还有只要是名牌就想穿，只要有星光屋顶和高级酒水就趋之若鹜的现实派美人。此时，这个女子完美精致却又并非不食人间烟火，带着各种美人的特色，更显得难以捉摸。

两个女孩互相打量，都觉得惊奇。张敬之感叹："这泥巴靴子真帅，很个性。我都忘记不穿高跟鞋该怎么走路了。"

风罗小声地嘀咕："我也有高跟鞋，也会穿着它们走路的。"

张敬之还没有来到酒庄的时候就听说过她。"这里有个对一切都要问为什么的中国女孩，你们一定要帮助她。"似乎这里每个庄园里都流传着这个中国女孩的故事，每个人都对她充满着好奇。而这对张敬之来说，引发的嫉妒更胜于欣赏。毕竟曾几何时，她才是大家谈论中的唯一的中国女孩，她才是大家充满着好奇的人。然而好奇心总有保鲜期的。几年过后，人们又找到新鲜感。这种事情张敬之是了解的，但她依然抑制不住自己对她的敌意。就好像女人永远恐惧着衰老和比自己更年轻的女孩出现。她像是一只被闯入领地的孔雀，紧锁着眉头，支撑着脖颈，炫耀着羽毛。

于是，她笑了起来："即使你有高跟鞋，也没有晚宴可去，不是吗？我们一晚喝掉的酒的价值，要比你一年做工赚来的还要多吧。"

"的确是啊，我的确没有机会喝到那样昂贵的酒。"话虽这么说，但是一想起能喝到那些书中形容过的梦幻般价值连城的葡萄酒，还是会让风罗失神片刻。

"所以，看你的模样，我觉得你还是不要苦苦挣扎了，还是回国找一份单纯的工作吧。中国葡萄酒行业可不是被默默无闻的人撑起来的，它属于富有阶层的人。你这样苦熬，再过多少年也只不过尝点廉价酒。人还是要现实一点。品酒可不是像你这样滚完泥巴再握酒杯就能品尝出来的。品酒的工作是依靠几代人的财富传承而实现的。"

风罗瞠目结舌地看着她——第一次见面就口出不逊——像看到了外星生物，完全说不出话来。张敬之继续道："你看看你的吃穿来自哪里？整个酒庄的存在都是因为我们在大量买酒，而你不过是这个酒庄的寄生虫罢了。"

风罗被她的理论压制得喘不过气来，依靠双手努力的人成了寄生虫，依靠家族产业挥霍的人却是成功人士。她看不起风罗，她看不起没有显赫家世的人。

"我了解酿酒的每个环节，我也亲身体验过每个环节。你怎么能说我知道得比你少，能力比你差呢？"

"了解酿酒又有什么用，难道酒是给酿酒师喝的吗？酒神亨利·贾伊尔[1]酿了一辈子酒，可酒还不都是进了亿万富翁的酒窖。你们这样的人每天光是活着就用尽全力了吧，每天光是努力吃饱穿暖就费尽力气了，怎么可能有精力学习品酒呢？依赖天赋，你又能有多少，怎么和有世代流传的财富的人相比呢？如果你真有能力，一个月以后在香槟省兰斯有个盲品比赛，就把你的能力在比赛里展示一下吧。"风罗被她轻蔑的语气激怒："那我们就到时见，一较高低。"

"跟我比试？"张敬之抚了抚那精致的吹成卷曲的头发，"那要看你有没有能力进决赛了。"

风罗虽然一口应战却心虚得很。她的确有着优秀的书本知识和无与伦比的味觉，可除此之外，她的经验乏善可陈。尽管在酒庄工作让她了解了种植和酿造的整个过程，她也乐在其中，但盲品比赛与这些都没有关系。盲品的程序就是在选手面前摆上装着酒的杯子，选手通过品尝快速判断杯中酒的特性、葡萄品种甚至

---

1. 亨利·贾伊尔（Henri Jayer，1922—2006）：勃艮第葡萄酒酿造大师，被尊称为"葡萄种植之父"。他曾将一块本被废弃的土地通过数千次炸药爆破、石缝种植，再精心酿造，创作出20世纪最受人追捧的葡萄酒。

它所来自的国家。风罗最缺乏的就是分辨出相同葡萄品种在不同国家的特性和表现的经验，因为这种经验不是靠书本知识能够补充的，唯一的方法就是不断地品尝做比较练习，才能通过味蕾形成认知。她心生胆怯，没有把握。一个出生在葡萄酒世家的天之骄女会向她挑战，这也证明了她的能力。只是她靠什么来证明自己呢，难道凭紧握剪刀的手吗？

　　她想到了王之谦，也许他说得对，在他的帮助下品尝更多葡萄酒建立味觉认知体系，比什么都重要。这些有钱人不可抑制的虚荣浮夸又与自己何干呢？风罗开始懊恼自己的冲动和没头脑，没有想清楚就不留情面地拒绝王之谦，没有准备又接受了挑战。懊悔苦恼令她如热锅上的蚂蚁。王之谦是个慷慨大方的人，尽管西蒙尼在第一天拒绝了他，他们后来还是成为了很好的朋友，他不会因为一点小过失而耿耿于怀。找到王之谦，或许他还在等她的消息，风罗对自己说。

Chapter 06
猜不透

　　风罗弄不明白自己，王之谦也不懂她，如果她真像她讲的那样喜欢葡萄酒，为什么要放弃这样好的机会。他一边想着，那疯孩子又该在冷风中干活了吧，另一边传来葡萄酒专家滔滔不绝的声音："波尔多左岸跟右岸葡萄酒的差别最重要的是葡萄品种，左岸的赤霞珠单宁比较紧颜色比较深，右岸的品种是美乐[1]，单宁柔顺口感顺滑……"

　　王之谦看着面前专家摆出来的酒却没了什么兴趣，"亮亮，你帮我选一些，我不舒服要休息一下。"

　　"西蒙尼，你说我该怎么办？"风罗哭丧着脸倚坐在酒吧的

---

1. 美乐（Merlot）：红葡萄品种，尽管提到波尔多大家总会想起赤霞珠，但美乐的种植面积要远超过赤霞珠。它更容易成熟，适合多种土壤的特性，受到了种植者的欢迎。尤其在波尔多右岸地区，非常多的名庄都使用百分之百的美乐葡萄来酿造葡萄酒。

门柱旁。如果不想出丑，那么一个月以后的盲品比赛她完全可以不出现。那她如此辛苦学到的一身本领又如何证明？难道她要在葡萄园里做一辈子苦工？既然做的都是辛苦活，为什么又不能忍受王之谦的一点点浮夸呢？她越想越后悔。

倒是西蒙尼看得开："你的才华，了解你的人都知道，所以根本不需要证明给不必要的人看。倒是王之谦，他那么信任你，你为什么要拒绝他的帮助？"

"我怕我做不好。而且哪里有天上掉馅饼的好事，万一他另有所图呢。"风罗没有自信，还多疑小心。

"你是说他会看上你？"西蒙尼大笑起来，伴随着脖颈上的肉猛烈震动，"你在欧洲他在中国，他若是另有所图干吗要舍近求远？而且他长得那么帅，就算他另有所图，也是你占便宜好不好！"西蒙尼语重心长地帮她分析，"还会有比你现在更糟糕的结果吗？你每天握完锄头再握酒杯，真的有办法好好准备比赛吗？他就住在那个酒店，你为什么不去看看他。听说他病了。也许他还在等你的消息。"西蒙尼指着不远处的白色大理石房子。小镇的好处就是以几万人口为限，人们都住在邻近的地方。

西蒙尼拿出一支放在冰桶中的酒，白色的餐巾遮住冰桶看不到瓶子的颜色。"试一下这支酒吧。"西蒙尼往她的杯子里倒了一点就又收回去，手一直遮掩着酒标，不让风罗看到。

风罗拿起杯子，没有说话，房门口的红色石砖使杯中淡黄色的液体也泛着红光，唯一能够看到的是它是一支白葡萄酒。天知道这酒西蒙尼已经开了多久，放了多久，杯中还剩下多少内容。

风罗摇了摇杯，低头闻了一下就把杯子放下了。

"你能猜出来是什么吗？"西蒙尼问道。

"长相思[1]。"尽管开瓶的时间有些久，香气软弱且发散，但清晰的青草与香料味道浮现在摇杯之间。

西蒙尼叫了一声："还没有喝就猜对了。"

风罗还没来得及说话。"那你知道是哪里产的吗？"原来题目还没有结束。此前跟西蒙尼一起喝酒学习，这样喝酒却是第一次。

她摇杯，品尝，琢磨。温度还没有恢复的酒在口中有种速冻的感觉。但风罗还是松了口气，庆幸这是一个简单的考题。青草和水果的香气在口中清新活泼，带着些香料的辛辣，又有着饱满酒体来平衡极高的酸度。那种典型的特征任是谁都忘不了的。

"新西兰的。"

"不错啊，可是真正的比赛中你还要说出为什么才行。为什么是这个葡萄品种，为什么是来自这个产区。这不仅仅是体会酒的经典和美好，还需要背诵大量产地和葡萄品种，才能做到跟品

---

[1] 长相思（Sauvignon Blanc）：白葡萄品种，酿造出的白葡萄酒有着清新爽口的酸度，果香丰富，有青草的味道，也会有热带水果的味道。在法国广泛种植，被用来酿造各种干型和甜型葡萄酒，另外新西兰也出产非常高品质的长相思干白。

酒的融会贯通。

"年份呢？年份还没说。"

"2013年。"风罗甚至没有去想，葡萄酒典型特征透露出的简单又新鲜的气息，并没有陈年[1]后会出现的芦笋气息。当然她也作了弊，酒吧里的酒单她实在是太熟悉，每瓶酒都经过她的手。

"还需要我来说酒庄和价格吗？"她沉浸在游戏当中。

西蒙尼却停下来，看着她说："不，不需要了。我这里不需要你了。这里所有的酒，你都已经熟悉了，现在有机会提升自己，难道你还要停留在这里吗？"

风罗从台阶上跳下来，心中有所悟，心想我该去看看他，毕竟他这么诚恳地想要帮助我。她跳了起来，重复着她想说的话给自己打气——我接受，只要我能实现梦想。

"哥，下面有个叫风罗的女孩说是认识你。"亮亮敲敲内厅的门，轻声说。

"那个专家走了没？"王之谦问。

"已经走了，临行前留下他推荐的几款酒，每款一箱。"

---

1. 陈年（aging）：指葡萄酒在不同容器，如橡木桶、陶罐、水泥罐、不锈钢罐或玻璃瓶中产生的一系列复杂的物理化学反应。大部分葡萄酒在短暂陈年后进入衰弱期，品质价格都会降低。只有少部分葡萄酒会随时间积累品质递增。这种品质递增的陈年，主要指在玻璃酒瓶中的存储过程。陈年信息是葡萄酒赏鉴的重要组成部分，使品鉴更复杂、更具挑战。大部分专业人士的工作之一就是预判不同葡萄酒的陈年时间，从而控制酒的出库销售时间及价格。

"那你让风罗上来吧，记得把酒摆出来让她看到。"让她知道就算没她，我想做的事情一样能办成——王之谦笑了起来。

"你好，王之谦先生，听说您不舒服，好点了没？"风罗手里拿着包巧克力蹭了进来，虽然换了身衣服但还是破牛仔裤牛仔帽的打扮，低着头，好像犯了错的小孩。亮亮看到这样一个像小叫花子的人也吓了一跳，"王之谦先生在里面，你是谁？"

"我是风罗啊，你又是谁？"风罗也不知所措。

"没事，没事，风罗，这是我的助理亮亮，今天刚从巴黎过来。"王之谦意气风发地走了出来，丝毫没有生病的样子，相反连眼角都泛着笑意，"来，风罗，你来看。我从波尔多请来一名专家为我的酒窖挑选名酒。这里摆的全部都是有名的酒，你大概还没见过。快过来见识一下。"

"我见过，虽然没喝过但在商店里见过。"风罗微弱地顶嘴，可想到此行的目的是为了和解又没敢说下去。

"来，风罗你来看，亮亮替我请了波尔多最著名的葡萄酒专家，现在在波尔多专门从事酒庄收购买卖的工作。他自己也收藏酒，这是他推荐给我的酒。不错吧，还是波尔多的名庄，什么年份的都有。有艘漂亮的船的酒标，叫作龙船酒庄[1]，你一定听说过吧。"亮亮后退了一步，刚才王之谦还是意兴阑珊，现在却忽

---

[1] 龙船酒庄（Château Beychevelle）：位于波尔多左岸圣朱利安村，创立于1446年，是个名声响亮的二级波尔多酒庄。

然意气风发还能记得酒庄的名字。

"我听说你生病了，过来看看。看你没事，还有专家替你选酒……"任何人都听得出风罗的失落，她原本怀抱希望也许王之谦还在等她改变决定，但是没有想到他不但有飞快的决断力还有超强的执行能力，短短一夜，连酒都选好了。

"可能因为高原，有些头痛，现在没事了。既然你来了也不能让你白来。我送你瓶酒吧。"王之谦随手拿起桌上一瓶1983年的龙船酒庄，"这瓶酒比你的年龄还大，送你做礼物吧。"工作中的很多时候，决定生杀只在朝夕，出色不仅在于狠准稳，而且更要迅速，猎物才能归入囊中，王之谦对自己这种能力非常自信，可惜这次自信得太早了。

"不，我不能要。"风罗看到酒标，吃了一惊，拼命推辞。

"不要客气，这对我来说不算什么。虽然我们不能合作，我也希望我们能成为很好的朋友。"他还在往她怀里塞。亮亮觉得空气中的尴尬越来越浓，闪身离开。

"我，真的没有客气，而且我想这瓶酒，你该退还给卖给你的人。"风罗把酒放在桌上，心里迟疑该不该说。

"龙船酒庄是中国人对这个酒庄的翻译，也代表了国人对龙船这样事物的美好向往。可是酒标船体上画的并不是龙头，而是酒庄鸳头狮身的守护神。希腊神话中传说它可以守护宝物。因此龙船酒庄虽称龙船，但是船头形象必然是鹰鸳而不是这瓶酒上龙的形象。我猜，你遇到假货了。"风罗虽然没有喝过太多昂贵的酒，但是对名庄故事还是耳熟能详，刚才一眼扫到中国式的龙头出现在酒标上，觉得奇怪就多看了几眼。

王之谦不发一言，仔细观察桌上的龙船酒标，又对比几个不同的年份。龙船酒庄很多年份的酒标之间虽有细微变化，但都应是鹭首，看到几个不同形式的中国图腾龙头出现在酒标上的确是件古怪的事情。他有些阴沉、烦躁："不可能的，怎么会有人堂而皇之地在法国卖假酒。"他转身走出房间，"我还有事，你先走吧。"直接下了逐客令。风罗听他说有葡萄酒专家做咨询顾问之后就觉得自己已经出局没有希望，在简单粗暴地指出他的失误之后，更觉得灰心丧气。她走出酒店，看着远处乌云聚满雪山顶，感到心灰意冷前途未卜。

Chapter 07

浪　漫

　　抵达法国的时候，来接机的人并没有太多，甚至连助理都没有。何连租了辆车，把米妮几大箱行李塞上车，吹着口哨一副轻松散漫的样子，仿佛他们是来度假的情侣，而不是来工作的。小伙子虽然看上去轻佻，实际性格倔强又好胜。刚认识的时候，他虽乳臭未干却从不把她当作大姐姐，反倒把她当小女孩照顾。他还是处男的时候曾一度迷恋她，可米妮不屑与幼稚的男生交往，只在一旁看他弹着吉他把众女生迷得神魂颠倒笑而不语。

　　"米妮，上车，到波尔多就是到家了。"他冲她吹了一个长长的法式口哨，接过行李。一路的颠簸和劳顿让米妮很快进入梦乡。

　　车不知停了多久，米妮醒过来时看到面前一大片湖水，早春的湖面下雪般飘满了白色桃花瓣。米妮看得震惊，心魂被掠去了一般，半天说不出话来，与王之谦的爱恨情仇早已抛到了脑后。

　　何连买来比萨和酒，两人就在湖边，找一片绿地，吃了晚餐，看着夕阳映进湖里，水天一片璀璨，直至消失殆尽。

"米妮，这是房间钥匙，你先去休息，一会儿我就帮你把行李搬上去。"

"你什么意思？"米妮警觉地看着他。

"放心，你的房间是310，我的房间是110，多正派的号码啊。我开了半天车也累了，喝杯酒就睡了。真没别的意思。"

米妮看看两个房间钥匙才放下心来，自觉想多了，讪讪上楼，一夜无话。

第二天开车一个小时回到波尔多市区，米妮也知这男子儿时对自己的迷恋已经过去，心里那层不安也降低不少，此时倒觉得还好有他，让她保持忙碌也减少对王之谦的依恋。

"如果看到不同脸孔的女性时，不用记她们的名字，只要记得她们都是我唯一的女友。"他细致地嘱咐米妮。

何连模样俊美、身材高大，时不时会有女生围绕身边。那些女生都不到二十岁，皮薄肉紧、腰窄胸滑。米妮心生羡慕，偶尔会幻想何连那年轻紧实的肉体透着光，能看到每条肌肉的走向和每块骨骼的形状。曾经未婚的她，那时有多笨多蠢，竟然拒绝这样的身体，现在自己的老公还不知在哪个年轻女孩的身边。

对王之谦千奇百怪的恨意，米妮不知道何时才能解脱。

结婚初始，王之谦绝不会出差超过三天，只要她在拍戏的空当，哪怕奔波再久他也愿意半夜飞回与她温存一夜，第二天一早再去机场，绝不肯一天不见、一夜不做。可后来越来越倦怠，再后来只有出差才能让他兴高采烈。

在离开王之谦之前，米妮也试图想要弄清楚，到底是哪里出了问题。

"你怀疑他出轨要有证据。"潺潺水声证明电话另一端的闺蜜在泡温泉。

"他既然有事瞒你，不论是女人男人禽兽或者近亲，你都有权利弄清楚。"

"然后呢？"米妮用肩膀夹着电话，两手无意识地摆弄着自己的裙角。

"然后找他啊，问他为什么要干出丧尽天良道德沦丧的事情。大闹一场，让他身败名裂痛不欲生，逼他跟那女的一刀两断，一拍两散。这事不就解决了？千百年来不就这一个解决方法，你当然也能用。"

"这手段太低级，我用不了。我们结婚三年，他上厕所时我连洗手间都没进过。现在让我查他隐私，我做不到。"

"其他办法当然有了，以牙还牙，以血还血呗。两人各得其所，红杏出墙之后，你自然不会再怀恨在心了。"

"可是……"

"哈哈，米妮你就承认吧。结婚这么久，激情早就耗尽了，你作为演员更应该知道厌倦是人的天性，男人也一样。"

如果仅仅靠互相出轨就能解决问题，那么爱情和婚姻来得就太廉价了。

"你弄脏了，我给你擦擦。"何连看她紧皱眉头，忍不住打断她的思绪。他们两个正在教堂旁边的咖啡厅喝着热巧克力。

欧洲有许多数百年来还在不断建造的大教堂，就像是一段无法结束的婚姻。那些有着精致的穹顶、尖顶和雕塑，看上去美丽的哥特式建筑，实际上却是无法穷尽的噩梦。

何连把手放在米妮脸上，用手掌包裹着她的脸颊，看着她那静止的愁容，然后大拇指移动到沾有巧克力污渍的嘴角，轻柔地抚摸着。

米妮顿时觉得口嘴干涩，好像很多年没有喝过水。她的手抓着红鼹鼠皮的沙发扶手，手指被紧紧钉牢致麻木。那抚摸越来越慢，范围越来越大，好像包住了整个嘴唇，又轻得像是一阵风难以察觉。也许是太久没有被男人爱抚过，米妮完全不想让这一刻停止，那感觉远比热巧克力更给人安慰。

谈到境遇，风罗一个月之前绝对想不到她会出现在香槟省兰斯。就在几天前，西蒙尼满面春风地对她说："我已经联系了在香槟区¹卡门村的好朋友，他邀请你前往，安心住上一个月同时

---

1. 香槟区（Champagne）：香槟区是香槟酒的产地，位于巴黎以东，兰斯市周围，包括马恩省、埃纳省和奥布省的一部分区域。根据法国法律只有香槟区出产的香槟酒才能称为香槟酒，其他地区出产的同类酒只能称为"起泡葡萄酒"。

准备比赛。"

"可是我没有钱。"风罗的积蓄不多，她不想全部花费在这次比赛上。

"王之谦先生跟我联系了，他让我替你安排，所有费用由他支付。你所要做的就是选出最好的酒，我甚至为你谈了一个很好的工资。你在这里剪枝的工作不也做完了吗？该出发了。"

王之谦是如何更改主意的，风罗并不清楚，也没有打听，她甚至在他离去的时候都没有来得及告别。亮亮在王之谦走之后，继续住了几天处理剩下的业务。虽然没有催她上路的意思，但总是每天过来看看，有时带些吃的，有时带杯咖啡。

"王之谦并不是坏人，只是他每天要做许许多多的决定，他没有办法每件事情都细致地做好。"亮亮是典型的运动男孩模样，工作时候西装笔挺，可是私底下却喜欢穿肥大的运动外套和低腰裤子。"他让我留下来，看你有什么需要帮忙的。从打包行李到买火车票我都可以帮忙。"他敏感地预感到这个女孩将来会在王之谦的生命中占据精彩篇幅。一个陌生人为她设计了一个酒窖，还有比这更浪漫的开头吗？可是他没有点破，就好像看一场电影，观众永远在银幕的另外一边。

受到惊吓比惊喜更多的风罗还在犹豫，毕竟有了上次莽撞拒绝的教训，禁不住老好人西蒙尼的怂恿，最后还是踏上了去香槟区的征途。

"如果没有来过这里，没人能想到葡萄田会呈现一片雪海的景色。这里的冬天虽然寒冷，但大雪却形成了很好的保温层使葡萄树安然过冬。"白垩纪时期留下的灰白色石灰岩土壤绵延山丘之上，葡萄树都被埋在厚厚的雪堆之下。这是在寒冷地区种植葡萄的必要条件，否则好好的树苗熬不到春暖花开就已经冻死了。

　　庄主是两个八〇后大男孩，哥哥塞巴斯蒂安和弟弟麦克斯，几年前他们的父母在南法蒙彼利埃玩滑翔伞出事后才继承了这个香槟酒庄。"香槟省的寒冷从10月开始一直会持续到来年5月。即使是为了学习，也辛苦了一些。"塞巴斯蒂安向风罗介绍道。

　　"冬天的香槟酒厂都有什么工作呢？我愿意帮忙。"为酒庄干活已经成了她的职业习惯。

　　"这里虽然寒冷但是有很多事情需要完成，但很可惜，你都做不了。"

　　"我当然可以做得好，从修剪、采收到种植都有很丰富的经验。"她一口气报出曾经做过的很多工作。

　　塞巴斯蒂安有些吃惊，但又笑了起来："香槟产区的工作和其他葡萄园并不同。我们的修剪要等到天气暖和，被修剪的枝干非常脆弱，随时下一场春霜就会把它们冻死的。来，我带你去看看我们的工作。"

　　在寒冷的季节，万物停止生长，很多酒庄都休养生息仅仅留几个人看守，其他人都会去温暖的地方过冬。可在香槟产区，工作照旧开展，不过由室外转为地下。

香槟省曾经是巨大的石灰岩矿场，现在地下蜿蜒数百公里的矿场被当作各个酒厂的酒窖。风罗走在完全被白色石灰岩环绕四季如春的酒窖之中，身侧两边都堆满了一人多高的陈酒，不敢想象头顶上几十米处就种着葡萄。

"我们是个小酒厂，酒窖的部分并不大，但是储存在这里的酒对任何香槟酒厂都非常重要。因为所有品牌的香槟都需要通过这些陈年老酒与新酒调配达到酒厂的独特风格。"风罗走着看着每堆酒上都标明了不同的年份，从新酒一直追溯到百年前。

"大的酒厂，譬如堡林爵¹的酒窖超过了八公里，里面存放着六十五万瓶一点五升的陈酒。我们每年的产量都不及它酒窖里陈酒的十分之一。"

"也只有香槟产区有能力拥有这样大量的陈年酒，这需要占用太多资金。这也是为什么其他产区的存酒量无法望其项背。"风罗看着这些深色瓶子赞叹不已。

有人穿着黑色的皮围裙推着装满酒的气压式小推车在酒窖里不断进出，风罗看不到他戴着护镜下面的模样。"那是我的弟弟，也是这里的酒窖总管，他负责管理这里的所有工作。他现在

---

1. 堡林爵（Bollinger）：建于1829年，法国香槟地区最优秀的酒厂之一。英国皇室对其所产香槟酒宠爱有加，钦定其为"御用香槟酒"。历代"007"书籍和电影最常提到的香槟酒也来自于这个酒厂。

做的也就是我们最重要的工作之一。"

"所有的香槟在出厂之前都需要经历至少十五个月的陈年，其他的起泡酒譬如卡瓦¹的时间则偏短，是九个月左右。"风罗非常熟悉这些理论知识，"那酒窖总管的工作就是控制这些酒的陈年时间？"她问。

"酒窖总管不仅仅是这样，他还是一个建筑师。你看到这些瓶子了吗？密密麻麻顺序排放，搭建这么高却不倒塌，都是因为我们有他。这项工作他从十八岁开始已经做了十年了，由于这太复杂又重要，只能由他一个人完成。"风罗看着那辆顶多装几十瓶酒的小车，被他一个人拖来拖去娴熟自如，想象着每年的这个时候他都会这样蒙住脸部，不被人看见，在地底下如同蚂蚁一般搭建着自己的王国，等到搭建完成回到地面的时候已是春暖花开的时节。

"为什么不让别人做呢？为何要这么辛苦？"风罗小声地说。

"葡萄酒精彩的部分，并不仅仅是在豪华的酒店，由穿着燕尾服的侍者为你开启的瞬间。它还包含了土壤、植物、酿造的每个环节，每个人热爱的环节不同却总能找到适合自己的部分。弟弟喜欢小提琴，拉一手好琴，但为人孤僻并不喜欢热闹的舞台。对他来说，酒就是可以流动的音乐，这里才是他安静的舞台。"

---

1. 卡瓦（Cava）：卡瓦起泡酒，是使用传统酿造法制造的西班牙独有的起泡酒。尽管酿造方式与香槟酒最为接近，曾被称作西班牙的香槟酒，但根据原产地法规依法被修正。因使用西班牙当地的葡萄品种为主，并受充足阳光、炎热气候的影响，所以具有成熟饱满的水果香气。

走出了陈酒区域，操作间就显得热闹很多。操作间放置了许多人字形的木架，成百上千的香槟酒被倒插在上面，很多人一边聊天一边手工旋转着每一瓶酒。

塞巴斯蒂安说："这是我们最繁重的工作之一，没有休息，每天两次，一直要持续几个月。"风罗兴奋地说："这就是转瓶¹。"她看着这些工人先是蹲在地上从最低的酒瓶开始，一手一瓶将酒瓶旋转八分之一圈后再稍微抬起一些，让瓶底逐渐朝天。每一瓶酒都逐个被旋转，这种人工除渣的过程，通过每天抬高酒瓶的角度使酒渣和酵母向瓶口温和地聚集，酒液就会澄清，最后只需要把酒瓶口的沉渣去除即可。

"每瓶酒人工除渣都需要至少六个礼拜。"塞巴斯蒂安说。他拿起一瓶已经完成除渣过程的酒对着光线说，"你看这酒多么的清澈透明，这种手工作业的办法可以去除百分之九十以上的沉渣，而现在大酒厂广泛使用的自动转瓶机只能达到百分之八十，甚至更低。"

风罗看着工人们的手只在每瓶酒上停留不到一秒的时间就完成了工作。"最熟练的工人每天可以处理五万瓶酒，非常了不起的才能。但是风罗，做这项工作的所有工人都有十年以上的经验，它并不是短时间可以学会的。"塞巴斯蒂安认真地看着风罗，她点点

---

1. 转瓶（remuage）：转瓶的字面意思是使瓶子旋转，但这里指的却是一个烦琐复杂的旋转过程，作为传统香槟酿造法，是将发酵后残留在瓶中的酵母渣缓慢地旋转到瓶口，最后加以去除。

头，很失落。在一个酒厂却没有被需要的感觉，经验沉淀积累都是她所匮乏却不能一蹴而就的，能让这些发生的只有时间。

"不过你可以参加几天后的调和品尝工作。把新酒和陈酒调和，突出新酒的特色并通过陈酒来增添酒的复杂度，建立酒厂的独特风格是非常难的事情。调和需要很多次的品尝和试验，几乎每天都要进行。你跟我们一起品尝。"

从12月开始，香槟酒的灵魂工程师们就会闭关修炼，不断品尝刚刚酿造出的新酒，按照品种地块特色进行分析，这种频率的品尝要持续一个月，再将所有新酒与陈酒进行调和，最后出现的才是市面上广泛销售的无年份¹香槟酒。

风罗兴奋地点头，能够与有天才味觉的酿酒师和酒窖总管品酒，听他们发表意见，是难能可贵的机会。她开始庆幸自己有这样的运气接触到酒厂最核心的部分，被拓宽的不仅是知识还有眼界。

"在香槟产区工作，最重要的武器是与一个热爱香槟酒的牙医成为好朋友，"塞巴斯蒂安故作神秘地告诉风罗，"香槟酒的酸度比其他酒要高很多，加上二氧化碳本身也会降低酒的pH值，通常pH值为3的酒，到这里甚至可能会降到2以下。所以如此高频率地品酒，没有一个肯用香槟酒换诊疗费的牙医，你会破产的。"

---

1. 无年份（NV，Non-Vintage）：无年份的酒是将当年的葡萄酒与其他多个年份的葡萄酒（不是多个年份的葡萄）进行调配后生产出来的。大部分香槟酒都是无年份的。标有年份的香槟酒还不到香槟酒总产量的十分之一。

Chapter 08
借来的爱

　　这几天，风罗参观了附近许多酒庄，品尝很多酒厂的香槟酒。这些一掷万金建造的奢侈酒窖都拥有宏伟壮观的建筑。出生在香槟产区的人毫无疑问是幸运的，他们拥有世界上最昂贵的酒田，每年只需要把耕种获得的果实销售到各家酒厂就可以过上富足奢侈的生活。每个人都是喜笑颜开、锦衣玉食，若是论人均幸福指数，这里绝对是排名前列的。可没有体力活，风罗的精力有点发泄不去。傍晚，她拒绝了前往邻居家晚餐的邀请，独自在酒窖旁散步。

　　塞巴斯蒂安的弟弟麦克斯从小路上走来，他并没有穿在酒窖里标配的皮围裙和护具，相反背着一把小提琴。"你来了，那要不要进来看看？"他的头发又长又卷曲，明晃晃的金色在夕阳之下让人睁不开眼睛，虽然少言寡语，但还是非常友善。

　　"今天这么晚了还要装瓶吗？"风罗好奇地问。

"你来看看就知道了。"他神秘地一笑，打开那扇通往地下四十米深的迷宫大门。风罗出于好奇，尾随而入。尽管已经来过很多次了，但是每次看到壮观的地下美景还是难以抑止兴奋的心情。"这是古罗马时代废弃的地下白垩岩矿，恒温恒湿，非常适合葡萄酒窖存。"她倾心地看着那些已经陈放很多年布满岩灰的酒瓶，并没有惊动它们。

这些在瓶中陈年的酒所含的气压在六个帕斯卡左右，那是人在水下九米感受到的压力，有着能把耳膜压穿的危险。因此触碰这些瓶子都要穿上标准护具，由酒庄工作人员亲自操作。

正看着，耳边传来了悦耳的小提琴声。麦克斯的琴声温馨纤细，如同摇篮曲般恬静安详，尤其在冬夜的酒窖中更显得温暖宁静。风罗没有说话，只是痴痴地听。唯美动人的小夜曲，相比较语言文化会产生隔阂，音乐却是没有国界的。静静陪她聆听的还有酒窖中数不清的香槟酒。

一首首小提琴曲委婉温和地在酒窖中回荡了很久，他才停了下来。"酒会醉人，同样音乐也会。"风罗不知该如何赞叹，不能停止回味。

"一百年前，这里是音乐厅，人们会在战时来这里避难，聆听音乐家们的演奏。音乐是能够给人带来力量的。"

"你是多么天才的音乐家。"风罗赞叹。

"你相信葡萄酒有生命吗？这里现在虽然不是座无虚席的

音乐厅，但这些酒都是我的听众，它们会在音乐中安眠。"风罗听说过关于音乐和葡萄酒这种神秘连接的理论，却第一次置身其中。厚重的墙壁带来完美的回声，带来如同置身神庙教堂般的震撼，那美妙的音阶仿佛还在回荡。

"舒缓的音乐节奏将微小的震动传送给葡萄酒，使酒液细微的分子运动排列，从而出现味觉的美妙变化。"关于葡萄酒的理论，无论正统非正统，风罗都记得分毫不差。

麦克斯好像找到了知音。"每天我都会来这里演奏，因为我坚信这样的力量。"他说。

"这样美好动听，我都能感觉到那股力量，真希望能够传送到酒中，然后让喝的人感受到。"她坐在石阶上，麦克斯走到一边拿起厚重的金属扳手和酒窖深处的一瓶酒。精心酿造的香槟酒都采用的是瓶中二次发酵技术，酒中加入糖和酵母然后用特制的金属钉密封，使酒精发酵产生的二氧化碳被死死地封在瓶中。这种瓶子也只有用特别的扳手才能打开。风罗远远看着他一用力，白色的酒液带着气泡就如同烟花般从瓶口射出，喷泉般不断涌出来。

"你尝过正在陈年的香槟酒吗？"他走上前来把瓶子递给她，风罗看他上身已被酒液喷湿。"从瓶里喝？"她有些吃惊。她接过那瓶子，酒液带着蒸腾的二氧化碳进入她的口中，比正常香槟多三分之一的二氧化碳屏蔽了一部分味道，清爽干净，没有一点点的糖分，在口中细腻地融化在气泡之中。酒精与二氧化碳是世间一种奇妙的结合，每样只需要一点点，身体就会轻飘飘得好像要飞走，就像站在最远顶峰上的一粒沙子，也像琴弦轻轻拂在身上。

麦克斯不知何时也开了一瓶，两人相对，举瓶畅饮，直到他吻了她。他的唇是软的甜的温的。她以为他要吻她嘴唇的时候，他却吻她的眉毛眼睛鼻尖；她舒服得要发出声音的时候他却封上了她的嘴唇；她正享受他蜜糖般的唇时他却蜻蜓点水轻柔离开，像是怕弄伤她。

"海里有一种鱼，叫作sweetlip fish，甜唇鱼。你的唇比它还甜。"麦克斯边吻边呢喃着。许多天来，他无数次想过吻她，此刻要慢慢地享受，就好像是他如何慢慢地等鱼上钩一样。

他调了调弦开始演奏《卡门幻想曲》中的快板，随着音乐声，风罗笑着，飞旋而上的音调和节奏，真真假假虚虚实实，她的心跳也随着音乐一起飞速地上升。

爱情不过是一种普通的玩意儿
一点也不稀奇
男人不过是一件消遣的东西
有什么了不起

什么叫情什么叫意

还不是大家自己骗自己

什么叫痴什么叫迷

简直是男的女的在做戏

是男人我都喜欢

不管穷富和高低

是男人我都抛弃

不怕你再有魔力

Chapter 09

知　音

为什么做得再完美

都仍然让人空虚

为什么明知是错误深渊

却情愿此刻坠落

我觉得理智是错

我觉得错误是我

你说你希望富有

我说我们已有星穹

你说你渴望更多

可再多也装不满银河

你说应该及时行乐

我说我们已有星穹

你说人生短如白驹过隙

我说再长也长不过银河

　　米妮趁着拍戏的空当正在排练电影主题曲。刚练得差不多，就欢喜地看到何连来探班。他会带来各种各样新鲜的食物，从著名的白珍珠生蚝，到她喜欢的寿司拼盘，甚至还有一大瓶冰镇到布满雾气的香槟酒。

　　"听说你们女演员都喜欢这个。奥黛丽·赫本拍《罗马假日》的时候，为了保持身材每天只喝香槟酒。"何连同法国人一样，见到她就很自然地吻她的脸颊，轻轻触碰，有规矩不逾越半分。

　　"多谢多谢，作为报答，前两天我在城里逛街还给你买了一套衣服。"米妮早已抱了香槟酒，半跑着回房间拿杯子。何连跟随她进来，帮她把瓶子打开，瓶口发出轻微的"啵"的声音。

　　"给我买衣服可不是随便的事情啊，你都没问过我尺寸。"

　　"不用量，你的尺寸我知道。"没有尺子没有X光，米妮也知道这衣服下面有多么美好的肉体。何连饶有兴趣地看她在纸上写下几个数字，然后自己拿尺子去对照。

　　"裤长错了，差了五厘米。"何连终于逮到错处。

　　"怎么可能。"米妮放下那套衣服，蹲下替他量了起来，"男人的裤长不是从腿外而是从内缝量起。"她话没说完，感觉到自己脸面对的东西正在膨胀变大，散发的热气能让她头发飘起。米妮顿住，缓慢地站起身若无其事地转身走开，仿佛怕一个动作就激起空气里的兽欲。何连更像是什么都没有发生般，和她一起去了剧组聚餐。可整个聚会米妮眼前浮现的都是那巨大的肿胀。她早已习惯了辛苦，对爱欲的需求早已淹没在疲倦中。每个晚上，身体倒向床只需要十分之一秒，可她的头还没沾到枕头的这十分之一秒她已经睡熟。每每工作结束，袭来的不仅仅是疲倦还有疼痛，像是被春寒打过的棉花，结果的时候才能看到她伤得有多重，然而这一切都在她精巧的化妆及修饰过的言语之下被完全掩盖了。直到这个晚上，她深深地悲哀那些以为深埋的情欲依然真实地存在着。

　　宿醉的感受，五脏六腑和大脑由于酒精强力脱水而像是被人狠狠揍了一顿的疼痛。昨夜好像被风吹碎的书只剩下片段。风罗想要清醒可又抵挡不过睡意的袭来。

　　"风罗，起床了。"住在楼上的塞巴斯蒂安意气高昂地敲门，"我们今天要做陈酒混合，这不是你一直想做的吗？"

　　风罗被敲门声吵到，翻身下床，贴着床沿继续酣睡。

　　塞巴斯蒂安见敲门无果，直接开门进来，却发现床上空无一人。难道已经起床了吗？刚想出门去找，却看见门口放置的鞋子，便知这孩子是藏起来了，房间遍寻一圈不着，才看见床侧的地毯上，一团白色的被子里，风罗正睡得香甜。

这几天，一到傍晚，麦克斯就背着他的小提琴带她去酒窖里的演奏厅。他每次都能变出不同的花样，拿出私藏的酒杯和葡萄酒。风罗迷恋他的音乐、出神入化的小提琴节奏和炫目的技巧。昨夜他甚至拿出一瓶干邑与芝士搭配，奏起了吉普赛的舞曲《查尔达斯》，两人喝了整整一夜，直到天亮才睡去。

这里在战争时期是兵家必争的地方，倒不是因为这里地理位置有多重要，而是因为从拿破仑开始每个将军都想占据这里来填满自己的酒窖。作为法国人，我们能做的，并不是投降也不是战斗，而是在这里，竭尽所能地把酒喝完，不给敌人留下一滴。你能想象吗？每逢战时，这里都聚满了人，为了和平而喝，为了战争而饮醉。值得庆幸的是无论战争胜负，酒庄都在军队的尊重下被完整地保存了下来。在曾经的胜地上，现在轮到我创建关于自己的历史。

风罗醒来的时候，这些片段还在脑海中浮现，对话虽然清晰真实，却又虚幻得像梦。她上一次浑身疼痛得起不了床是因为修剪苗木，可现在却是一瓶1945年的干邑[1]。麦克斯迷恋战时的产

---

1. 干邑（Cognac）：指法国干邑地区生产的一种用葡萄酿造的白兰地。须以铜制蒸馏器双重蒸馏，并在橡木桶中密封酿制多年，才可称作干邑。

物，他觉得那时保存下来的所有物件都是对当代人和平的提醒。那个年代留下的酒也是他的最爱。可再好的酒，贪杯都会得到应有的下场。风罗醒来时，当天的调和环节已经结束了。

正在懊恼，她的手机响了，接到了王之谦的邮件。自从她被安置到了这家酒庄，王之谦就没有跟她联系过，他有更重要的工作，而且他相信她。邮件很短，寥寥数字：

> 你好，风罗，希望你充分利用在卡门村的时间。下个月就是比赛了，希望你不要天天饮醉。
>
> 之谦

还没有消化的酒精在风罗的大脑里不停作祟，疼痛不已，王之谦的信像是重锤敲在她头上。她抱住脑袋，大喊："我没有天天饮醉！"

"最美的事情莫过于起床一睁眼就可以喝一杯香槟酒了，这可是玛丽莲·梦露说的。"麦克斯拿着香槟酒出现在她面前，"我们早晨调和过的成品，我特意留了一杯给你。"

"那你知道玛丽莲·梦露是怎么死的吗？"还在宿醉的她，连提到酒这个字都觉得难受。

"没事，没事，来，乖，喝了这一杯就没事了。老年份的干邑再好，也好不过起床时候的香槟酒。二氧化碳会把水分迅速带入血液之中，降低失水带来的症状，会让你舒服些。"

风罗勉强接过那杯酒，与酒窖里带着酵母的酒液不同，它不再是简单清爽直接的感受，而是更加柔和的带着复杂变化的奶油香甜。

"多达六个年份的调和，就好像是协奏曲般清新柔和协调，我决定叫它'特酿¹风罗'，就拿你的名字命名。"

"这是你们调和后的决定吗？"也许是心理暗示或者是刚才那片止痛药起了作用，她果然好受了许多。

"当然不是了，用六个年份的老酒来做一款新酒？这么大的成本怎么可能，这只是为你准备的，独一无二的特酿。"

在香槟酒调配中，无年份的香槟是由多个年份的陈酒加上当年的新酒进行调配的，用NV来进行标示，也是成本较低产量较大的调配方式。除此之外一些珍贵酒厂会花费高额成本，使用大量陈年老酒来调配出珍贵酒款。这样调出来的酒用MV²进行标示，有时甚至要比只使用一个年份、不进行混合的年份香槟酒还昂贵。这些常识风罗自然知道。

"就像克鲁格香槟酒？"风罗又开心又感动，"哈哈，你的

---

1. 特酿（Cuvée）：法语中的Cuvée，原意指的是装酒的大桶容器，在葡萄酒的名词解释中则有着不同意义，指的是在大桶中特别酿制的红酒，而现在往往会在Cuvée前加上酿酒者的名字，突出此次的限量酿制由此酿酒师亲历指导，以彰显其特别和尊贵。

2. MV（Multi-Vintage）：多年份。与无年份香槟酒最大的区别在于它并不是将当年的葡萄酒作为主要基酒。多年份香槟酒主张的概念是，经过陈年后的基酒产生的微氧化特色在香槟酒中的表现。这种需要精细酿造并长期陈放的特色被克鲁格香槟（Krug）发挥至极致，甚至有时需要陈放二十年才能上市。MV中最具典型性最著名的就是克鲁格香槟的Grande Cuvée。

意思是就这么一杯？世界上独一无二的一杯酒？"

麦克斯有些害羞："塞巴斯蒂安他们在做调和的时候我就偷偷在调这个，我想立刻拿给你尝尝。"一转身，他变魔术般拿出来实验室最常见的容器罐，"而且我调了一大整罐！"

"这难道是早餐吗？我可是宿醉未醒呢。"风罗看到那实验罐吓了一跳。

"当然不是了，早餐自然是你最爱的牛角包和黑咖啡。快吃完，我们去香槟大道转转。"

香槟大道在兰斯南部的埃佩尔奈小镇上，十几家现代化的香槟酒厂坐落于此。麦克斯居然预订了一辆白色马车："让我们体验一下16世纪冬季驾车的感受。"

"我感觉自己是福尔摩斯，你是驾车的华生。"风罗大笑。

"不，我是驾着南瓜马车的老鼠，你就是坐在里面的灰姑娘。"他熟练抖动着缰绳驾着马车在香槟大道上行驶，引起路人围观连连。

"你驾马车的技术真好。"风罗看着他，幸福洋溢。

"我们酒庄遵从生物动力学[1]的理念，都是用马来犁地的。用大自然赐予的一切动物植物来回馈自然，才能酿出好酒来。驾

---

1. 生物动力学（Biodynamics）：生物动力学种植法起源于1924年，由奥地利哲学家鲁道夫·斯坦约提出，目的是要令农作物在天然的环境下成长，与有机种植不同的是它的理念除了自然耕作、不使用化学原料外，更注重月历、星座、磁场等因素，意在寻求土壤与自然的关系以激发葡萄树自有的潜力而提升品质，欧盟及各个国家均有其认证机构。

驶马车可不算酒驾，所以我们可以放心喝酒了。"麦克斯对每个酒厂都非常熟悉，"我们的酒庄和这里最大的不同是，所有葡萄都来自自己的田地，就是所谓的酒农香槟厂。而这里的酒厂都是以收购酒农种植的葡萄再进行酿造为主。每年香槟区种植的葡萄百分之七十被卖给这些酒厂，因此它们的规模产量巨大。"有传言说每秒钟在世界上的某个角落就会有一瓶酩悦香槟¹被开启。

"这么大量？"风罗吓了一跳，"那会好喝吗？"

麦克斯大笑："你太可爱了。"

在这条香槟大道上，他们品尝每家酒厂的不同出品，比如泰廷爵²，在装瓶前加糖，具有华丽的果香口感；宝禄爵³，以百分百的霞多丽⁴葡萄酿制而成的"白中白"⁵。

"这也是我最喜欢搭配寿司或生鱼片的酒，酸度带出海鲜的甜美，带着饱满的奶油香气。同样也是手工转瓶，明显更加细腻的风格。"风罗被这些美丽酒厂的美丽作品所打动。

---

1. 酩悦香槟（Möet Chandon）：法国香槟酒中最被人熟知的品牌，是不可替代的大厂牌香槟酒，有二百五十年历史，曾因拿破仑的喜爱而赢得"皇室香槟"的美誉。如今成为覆盖最广的香槟品牌。

2. 泰廷爵（Taittinger）：香槟区内历史最悠久的香槟酒庄之一，创立于1734年。

3. 宝禄爵（Pol Roger）：香槟区内的著名香槟酒庄，创立于1849年。温斯顿·丘吉尔因为特别喜欢它，而专门以自己的名字命名了其中一款香槟酒。

4. 霞多丽（Chardonnay）：白葡萄品种，原产自法国勃艮第，是目前全世界最受欢迎的酿酒葡萄，用于酿造白葡萄酒。用它酿造的白葡萄酒价格品质差异非常大，几乎可以匹配所有人的需求。

5. 白中白（Blanc de Blancs）：指用白葡萄做的白葡萄酒。在文中特指使用百分百霞多丽葡萄酿造的香槟酒，通常的白中白比传统香槟果香更清新，口感更细腻优雅，酒体更具骨感，价格也更高。

Chapter 10

两　端

　　全世界的酒店都是一样的，有闪亮的蓝色泳池，通往客房的小径，永远都有已经秃顶的男人露出皱皱的大腹，女人晾晒着已经下垂到肚脐的乳房，除此之外还有涂抹着如同墙皮般厚粉底的韩国女人，不经意转头会看见她虚假夸张的漆黑的眼线睫毛和鲜艳的口红。

　　在泳池旁边喝着沙龙[1]1998年份香槟酒的米妮快活得像一尾鱼，那酒的味道仿佛现在的她，被水浸湿散发出诱人的香甜。从前的每个周末，她和王之谦都泡在水里度过。王之谦会体贴地买通服务人员，把冰桶放在游泳圈上，浸在泳池里，里面放着冰块、打开的香槟酒和酒杯，米妮随时都可以从水中钻出来喝上一

---

1. 沙龙（Salon）：沙龙香槟创立于1911年，仅使用单一葡萄园奥热尔河畔勒梅尼勒中的单一葡萄品种（霞多丽）来酿制；为世上第一款完全以霞多丽葡萄酿制的白中白香槟。沙龙香槟仅在最佳年份时候生产，因此一百多年来仅有三十九个年份上市。

杯。虽然很多游泳池都明文规定酒醉不可下水游泳，可又有什么比得上水下缺氧和酒精同时作用在身体里的化学反应呢。米妮穿蓝色比基尼的时候最性感，高开衩显得她的腿又长又直。就算在泳池里王之谦都能感受到泳裤下自己的变化，像是第一次与女生上游泳课，像是第一次弄脏床单，像是第一次肿胀到疼痛得难以言说。米妮游了起来，顺畅的模样像是人鱼，王之谦看她越游越近，怕自己的尴尬被发现，也用力游起来，漂亮的双腿拍打水面像是海豚的尾巴，身体高高抬起像只蝴蝶。米妮在水中看到他修长的身体在前方不远的地方击打起一层层波浪，好胜心火焰般被点燃，她奋起追逐。尽管已经近得可以看到腹部六块肌肉的形状，可米妮却怎么也超不过。王之谦在水中转身的模样真好看，轻盈地翻个身，双腿就稳稳地搭在池边墙上，再一用力，身体倏地就到了很远的地方。只要一喝香槟酒，米妮就会梦到这个人，梦到他身体和他身体的一部分，她的长腿缠在他的腰上，他们在水里仅仅靠吻着对方就可以呼吸，随着波浪沉沉浮浮。

"你为什么不给我看胸部？我摸都摸过了！"麦克斯说，他指的是前几天两人在酒窖里喝酒，风罗不小心滑倒，胸部正好被他托住那次。

"那是跌倒，当然不一样。"

"我上次摸的时候觉得有点硬硬的，是不是有什么问题才不让我看。"

风罗想这男人真是会胡搅蛮缠，又好气又好笑："你放心，它们很好，光滑饱满粉红，没有三个乳头四个乳房之类。"

虽是胡搅，麦克斯倒也不会强迫，更没有上下其手，他只是安然地搂定风罗，把头放在她的胸前。"不让看，那能让我靠一会儿吗？枕着它们好像枕着柔软的羽毛枕头一样舒服。"风罗轻拍着他，就像拍哄一个孩子。不一会儿他的呼吸就变得有规律且绵长，进入了浅浅的睡眠。这种安静的时刻只持续了十几分钟，还没有等到风罗的手臂麻木，他手机铃声一阵阵紧促地响起，像是战场上的号角。

"轻滑屏幕，稍后提醒。"麦克斯明明已醒，却还在迷蒙状态，手在风罗的胸上划来划去，手机依然响个不停。风罗替他在手机屏幕上划过停止闹钟的同时，忽然感到身体一紧，胸口最敏感的地方被人衔住。她惊叫一声又马上紧咬着嘴唇，生怕脸上的眼睛嘴唇耳朵都跟着他去了，只剩下一堆白骨立在空气中。麦克斯对她的反应似乎很满意便张开了口，风罗马上起身用双手紧紧捂住胸口。"我已经品尝过了，今晚回来你就给我看全部。"说完，他跃起身，等待着他们的是一场公开品酒会。

这是一场很严肃的品酒会，很多专家衣冠楚楚地坐在会议室，每个人面前二十多款酒一个一个地品过去，对每一支酒都要认真记下意见。闪光灯在闪着，录音笔也被传来传去。风罗很认真地学习，麦克斯坐在一旁时不时跟她眨一下眼睛给她些意见。一圈一圈转下来，在酒精的影响下，那些刻板的、西装革履的专家也有些活跃起来，试图找点新鲜提升士气。一连坐了数个小时，评估了几十款酒，大家的脸都开始热热红红的，说话的声音都渐渐放大了。

"你们酒庄最大的问题是什么，你们知道吗？"有个专家在品过酒之后开始发表意见，"你们的人力太少了！只有两个男人的家族酒庄是没有希望的。在你们两个出生的时候，我就这么说过。作为一个酒庄，尤其是一个香槟酒庄，至少需要三个人来负责管理，一个管种植，一个管酿造，还有一个负责市场，而且这是最低的人员配备，因为负责市场营销的人一年起码要出差三百天。你看看其他几家香槟酒厂，他们一个月至少去两次亚洲。"这位专家滔滔不绝地讲，像是在教训自己的孩子，"我跟你们的父母是好朋友，他们现在不在了，我就必须替他们把话说明白。你们两个现在还不肯结婚不肯生小孩对酒庄来说是很大的负担，甚至没有余力扩张。你们四十岁的时候，我希望你们的下一代已经开始在酒庄里干活了。"风罗吐吐舌头，原来人丁兴旺不仅是中国的传统，还是酒庄的标准配备。

安静了一会儿，麦克斯站了起来："你们都是长辈，我和哥哥都明白这些良苦用心。可是父亲和母亲滑翔伞出事的时候，我才二十四岁，哥哥也不到三十岁的年龄，没有任何过渡就接手了整个酒庄。酒庄也是在你们的用心看护下，才有了现在的成绩。只是我永远都记得父亲曾经跟我说过的关于母亲的话。他说，如果不结婚他会过着单身汉的生活，有很多女人也没有小孩的负累，赚更多的钱甚至更开心。但是他如果没有我母亲，再开心，他也不会感到幸福的。只有我母亲，才是他幸福的理由。我相信哥哥和我一样，我们的确需要女主人和小孩使酒庄人丁兴旺，但是我更想要找到那个让我幸福的人。在那之前，我们全部的精力都会放在酒庄上面的。所以请给我们多些时间。"他的话让在座的专家变得安静了，专心地打着分数，再没有了长辈教训孩子的语气。

一个如此在意幸福的人，酿出的酒想必也会让喝的人幸福。风罗想。

"你要不要考虑住到夏天，这里会被葡萄园包裹，小镇上的景色就像童话。我们非常需要人手，春天葡萄园的工作非常繁重，到了夏天还要修剪枝蔓，然后秋天就该全手工地采收，最后冬天我们一起酿造'特酿风罗'。"夜晚，在酒窖的演奏厅里，他们打开一瓶香槟酒，麦克斯对她说。

风罗有些哀伤，原本以为那是她喜欢的生活，在葡萄园里打工，学习酿酒，有一天可以酿出自己想要的酒。可忽然有一天，有一个人闯入自己的生活，给她自由，让她去寻找世界上的美酒。当这样的机会降临了，当能够在全世界任何一个酒庄中生活的时候，还会有人留恋一家酒庄吗？她这样问自己。她甚至有些恨王之谦给了她一个难以拒绝的机会，让她的世界不再安宁。

耳边响起了麦克斯的琴声，《如歌的行板》，这由柴可夫斯基根据俄罗斯民歌谱写的动听旋律，诉说着青山绿水之间抹不去的忧伤。这首由一位泥水匠吟唱的民谣，一百多年来感动了无数人。她需要的并不是稳定的生活、宠爱她的人，以及美丽的酒庄，她想要的是即使加上勇气和期望也未必能够得到的东西——她的信仰。"也许我也会是这样的一首歌，现在渺小，但不代表未来依旧渺小。"她对自己说。

"麦克斯，我一定要参加比赛，我想要证明给别人看我的品酒能力。"

麦克斯放下琴，对她说："你要记得，历史是酿造酒的人创造的，而不是品尝它们的人创造的。不要只追求胜利，让你的酒替你说话才是最重要的。"

Chapter 11
失　利

　　一个月转瞬过去。风罗喜欢上这里的风俗人情、美丽风景和神秘酒窖。一切都开始变得熟悉，却要随着比赛的来临而结束了。走进古老市政厅的大门，入口的芝园被松杉高篱包裹，杏树海棠开始泛出些许的鹅黄色，代表着春天的脚步近了许多，碎石子小路两旁都是整个冬天傲然挺立的绿色草坪。自从王之谦给她发过邮件之后，她再也没有联系过他，觉得他管教太多约束太多，更何况解释没有用，还是靠自己的能力来证明吧。然而在这一刻，她还是希望他出现的，能够给她支持和鼓励。

　　风罗私下练习过很多次盲品的比赛程序，可此刻仍然觉得紧张。面前有三只杯子，她需要在四分钟内对两种酒的品种特色迅速作答。从饮酒、品尝到最后的作答一气呵成。除了评审打分，还有许多专业人士在旁边观战打气。一共比赛两轮，一轮笔试一轮盲品，两轮成功之后才能进入最后的决赛。风罗顺利通过了笔试，和十几个选手开始准备盲品。

她穿着白色T恤、卡其色长裤，赤脚穿着鞋子，面前有一张小桌子刚好可以放下一台笔记本电脑、一瓶水。她手足无措地等待上场比赛，尽管室内的温度适宜地维持在二十二摄氏度，可她却手脚冰冷得像是被关进了冰窖。

麦克斯在大厅的外侧喝着浓缩咖啡，风罗觉得意识模糊的自己此刻也需要一杯，可是咖啡的味道会破坏味觉敏感度。风罗已经四十八小时没有吃过有味道的东西了，因为怕烫伤味蕾，她连热汤面之类的食物都不敢入口，只能吃法棍面包然后苦啃书籍。晚上意识模糊的时候，放入嘴巴里的是书还是面包都分辨不出。

精致的张敬之在几个法国选手之后出场。她穿着白色真丝衬衫搭配黑色西装，在一群黑衬衫的侍酒师面前显得格外出众。她用法语向大家致意。"天啊，她的法语真标准。"风罗顿觉差距立现。台下的评审们不自觉地举手为她打气。张敬之涂着鲜艳的口红，轻轻抿了一口酒，然后优雅地吐出，玻璃杯上甚至没有留下任何印记。风罗羡慕地看着，这需要多么昂贵的口红才可以做到。每一个肢体细节，都像是经过仔细的考量和无数的练习。每一口酒饮入多少，甚至拿起杯子闻香的次数都是熟练准确的。

"直接开放的柠檬果香，同时带有石灰石矿物质味道烟熏的特点，残糖在四克每升，饱满圆润的酒体，中等的酸度及奶油般的口感，表示酿造过程中进行了苹果酸乳酸发酵。与来自法国勃艮第的霞多丽葡萄品种相比，这款酒有更多桃子杏子的味道，同时具有更加柔软和圆润的口感，较高的残糖口感和直接开放的香气都表明它来自一个新世界国家偏温和气候的地区。浓郁的橡木桶味道也表明进行了橡木桶发酵，丰富复杂的香气说明它较高的品质，典型的葡萄柚和烟熏味道使这款酒指向了新西兰的霍克湾产区的霞多丽。其中成熟的味道和气息使我判定是2011年。"

"好的，接下来这款酒让我品尝一下。"她冷静优雅地放下前一款的杯子，又端起第二款，低头闻香，刻意束起的长发露出了白如象牙般的脖颈，站在舞台上的她不愧是一道美丽的风景线。她闻过之后，喝入一口的同时吸气，使酒液在唇齿之间精灵般舞动，随之迅速地转身吐酒，酒液直直地一条线落入吐酒桶中，没有一丝拖泥带水。这样流畅的动作吸引了所有人的目光。

她接着分析说："杯中散发的香气和口中的味道基本一致，都是带着酸度较高的柠檬、青柠的香气，同样轻盈奶油的味道证明了苹果酸乳酸的发酵，独特的像是石灰石矿物质的味道将这款酒确定为法国夏布利[1]地区的霞多丽。精致的骨架和高酸度一致证明了之前的判断。带有层次的口感，回味悠长，还使用了优雅的法国橡木桶，不断变化的复杂香气也证实了之前的推断。同时

---

1. 夏布利（Chablis）：法国勃艮第北部最著名的葡萄种植区，以霞多丽葡萄酿制的白葡萄酒声名远播。由于当地气候偏冷，土壤里富含牡蛎化石，酿造出的具有独特凛冽风格的顶级干白葡萄酒，被认为是与生蚝的绝美搭配。

它略带桃子的芬芳和新鲜的果香证明它来自新近年份中较为成熟及优质的年份，也就是2009年。品质平衡统一，产地的风土条件[1]特点突出，也足以证明它来自高品质酒商的一等葡萄园。"

顺利流畅，她轻易地完成了比赛，从她脸上可以看出自信成功的表情。没有任何耽搁，甚至没有等待宣布所有选手这一轮的成绩，她径直走到后台单独房间，准备接下来的决赛。路过风罗的时候，她只是提了提嘴角笑笑，就好像看到世间荒诞的演出。

风罗紧张得胃痛，终于轮到她上台。她看着那两杯酒的时候，都不知道该用左手拿杯还是右手拿杯。在问候完大家后，计时开始，她才战战兢兢地用右手拿起杯子，可是由于太过紧张，还没有来得及摇杯闻香，杯子一倾，一口酒就灌饮了下去。台下传来一阵窃窃私语和暗笑的声音："这么着急喝，她是口渴了吧。"

她只能努力屏蔽那些信息和不利因素，在自己的脑海里重复，颜色、香气、口感、品种、年份、质量。每款酒的品尝只有两分钟，在两分钟之内要分辨出所有细节，然后描述给评审。

"明亮的金色，带有青柠的香气，同时还有些新鲜橘子皮和香料例如白胡椒的味道，这都指向一个芳香葡萄品种如维欧尼[2]。

---

1. 风土条件（Terroir）：一个地区拥有独特的自然与人文环境，用以生产具有独特风味的地方名物（包含葡萄酒及其他农牧产品）。（引自林裕森语）

2. 维欧尼（Viognier）：白葡萄品种，原产于法国罗纳河谷，由于极难种植，曾经几乎消失于世界葡萄酒地图之中。用维欧尼酿制的葡萄酒呈金黄色，干爽而滑腻，透着极其浓郁的沁人酒香。因此近年来受到越来越多酿酒师的欢迎，其种植面积在世界范围内大幅增加，遍及美国、澳大利亚等国家。

白桃的水果味道带着些矿物质的风土条件，这一特色指向了一个经典产区较高品质的维欧尼。中等酒体和酸度，但是带着些成熟的水果味道使酸度不够明显，我猜想应该是来自隆河谷[1]的酒。"

"好的，接下来一款。"刚拿起第二款酒，风罗忽然想到刚才一紧张，忘记分析年份及为什么来自隆河谷的理由，又气又急，但也只能硬着头皮继续。酒精和紧张使没有上场经验的大脑受到前所未有的极端考验。

"这款酒，有着开放的明显花香，栀子花茉莉花，同时还有柠檬和蜜瓜等热带水果的香气，更重要的是特有的奶油味道，这些味道同时出现使葡萄品种指向了特浓情[2]，著名的阿根廷葡萄品种。浓郁而新鲜的果香，精致而不过分的酸度同时证明了……"刚说到这里，计时器响了，比赛结束，可她还没有来得及说明原因，更没有机会分析年份等重要因素，短短的两分钟就到了。风罗几乎是失神地下了台。她知道这次比赛失败了，使她失败的也许不是盲品的实力，而是在台上的仪表风度和经验。这是她第一次参加比赛，也是第一次在台上，在几十人的围观中品酒，她不知道该怎么用吐桶才吐得优雅好看，不知道应该是对着有精美绘画的柱子还是对着观众说话，她更不知道如何在短短的

---

1. 隆河谷（Rhone Valley）：法国南部著名葡萄酒产区，历史悠久，出产的葡萄酒种类繁多、品质卓越，无论旅游或品酒都是值得前往的地方。
2. 特浓情（Torrontes）：白葡萄品种，原产于西班牙的酿酒葡萄，如今在阿根廷成为了宠儿。特浓情酿造的白葡萄酒给人感觉犹如春天，清爽简单直接，花蜜馥郁、果香丰富。

两分钟之内有逻辑有层次地表达她的想法。

她这才明白这条路，这场比赛，除了比拼品酒，更多比的是选手在台上收放自如的控制能力。张敬之曾经说过，有些东西就算是她拼了命也学不到的，原来指的就是这些。她甚至开始感谢张敬之，是她提醒了她，这才是张敬之所自信而她所缺乏的。

决赛名单公布的时候，她并不在其中。麦克斯一直在她身边，拥着她，仿佛在给她力量。"就好像我跟你说过的一样，真正留在历史中的人，是那些酿酒的人，而不是这些喝酒的人。"他对她耳语，可风罗已经落下泪来。

赛场里面的亚洲面孔并不多，如果风罗不那么紧张，她就应该看到不远处那张熟悉的脸，王之谦正忧虑地看着她。他知道这场比赛她很难胜出，又怕她自信心受挫，因此特地赶来看她。只是想要上前安慰的时候，已有人送上了温暖的怀抱。

张敬之走过，看到一张英俊的亚洲面孔不由得停了一下，看到王之谦紧张的眼神一直落在风罗的身上，说："风罗到底是来比赛还是来谈恋爱的。听说住在这里一个月，每天晚上都去酒窖与庄主男友喝得烂醉。她来这里代表的不仅仅是个人，作为一个亚洲面孔，要顾及一下自己的言行吧。"王之谦不知道自己为何会这么生气，猛地站起身来："这位小姐，你刚才在台上的表现堪称完美，的确使身为亚洲人的我颇为骄傲。希望你把这样的完美表现放入生活中去，而不是将此当作优越感。"

他转身离去，没有回头看还在流泪的风罗，也没有让她看见。

Chapter 12

追

王之谦先生：

　　您好。

　　很遗憾地告诉您，在不久前的比赛中，我没有取得决赛的资格，更没有机会夺冠。这次比赛完全是我的失误，没有做好充分准备。我非常后悔。

　　王之谦并没有回那封邮件甚至都没有看完，他误以为风罗要向他解释因为恋爱而耽误准备比赛。他不需要那样的解释，祝福他们吧，他不愿意再想起那顶牛仔帽和破牛仔裤了。

　　世间所有的动物里，只有人会赋予味觉那么多的感情，味蕾时不时撩拨着记忆的神经，比如佛手柑香就代表着关于米妮的一切。王之谦最怕那些似曾相识的味道，葡萄酒的香气总是会唤醒封存的记忆，让他想起风罗来。她现在还在香槟酒庄吗？与那个男子过得幸福吗？让她去学习究竟是对是错？

他没有想过，短短一段时间的相识相处会改变一个女孩的人生轨迹。如果没有这场相识，风罗还会继续从事葡萄酒的事业吗？还是已经受不了其中的艰辛和苦涩，速速离去回到国内从事一个普通的行业做一份普通的工作？这样的假设都没有意义。是他让这个女孩在前往繁华世界的路上有了更多选择，是他让她接触到葡萄酒产业核心的区域。

"哥，葡萄酒专家到了。"亮亮敲门，带了一人进来。

这已经是第八个他找来的葡萄酒专家了，为了建筑想要的酒窖，葡萄酒专家换了一批又一批，可是总也不能满足王之谦的要求。他每次抓耳挠腮想尽办法的结果就是专家们灰头土脸地被扫地出门。其实每次，王之谦测试他们的方式很简单，就是那几瓶从霞慕尼带回来的波尔多龙船酒庄葡萄酒。虽然当时花钱买到了假酒，但活学活用倒成为了现在最好的试金石。

这个葡萄酒专家跟别人似乎有点不同，一见面，他并没有直奔主题介绍自己的德高望重，也没有直接被王之谦测试，而是从黑色的背包中掏出一瓶酒来。那是一瓶老年份的意大利葡萄酒，老得连酒标都已经模糊不清了，可以影影绰绰地看到砖红色液体在黄色玻璃酒瓶中，并不高的液面，远低于酒瓶肩膀那个位置。

"王先生你好，我看了一些关于你的报道，你说最近喝到的最令人印象深刻的酒，是一瓶一百年的酒。一百年的虽然很难找到，但是我私人也收藏了半个世纪之前的葡萄酒。这是一瓶来自意大利巴罗洛地区的红葡萄酒，足有五十年的历史了，希望你笑纳。"他把那瓶酒标破旧不堪的葡萄酒，送给王之谦。

王之谦看到那个瓶子的时候就有些畏手畏脚了，如果在他认识风罗之前，他或许会认为这是一瓶好酒，但在见过了真正的老酒之后，他清楚地记得那些老酒的模样和光彩，绝不是现在这瓶中很低的液面位置。这样的液面只能代表大部分酒已经从酒塞的缝隙中蒸发，更多的空气透入瓶中，从而也代表着极高的氧化程度。一个好的销售必定是一个好的察言观色者，就像算命师傅一样，尽管王之谦没有表达出什么，那葡萄酒专家却话锋一转说："这瓶酒因为年份过久，已经不适合饮用了，我只是送给您赏玩，另外还有一瓶酒是可以供现在饮用的。"他从包里变魔术般又抽出一款酒。亮亮看得又惊又喜，这简直是魔术师的礼帽，不仅能抓出兔子还可以抓出鸽子来。"这也是在报道上，你提到的一款波尔多龙船酒庄的2009年份。"他的确是做了功课而来的。

亮亮按照王之谦的安排，把那几瓶真假不定的龙船摆在桌上，让这位葡萄酒专家鉴定。

"这几款酒都是很好的波尔多葡萄酒，同时是著名的列级酒庄龙船酒庄的作品。"葡萄酒专家滔滔不绝，对着酒标描述着酒庄的雄伟建筑、悠久历史和威望名声，亮亮就知道这个葡萄酒专家也没有任何指望了。

"他们总是在一开始的时候肯定你的收藏，助长藏家的虚荣心和好胜心，同时也激发了他们的购买欲。对其藏品的赏识和夸赞，会让人降低提防，在愉悦的心情下进行再次购买。"王之谦教导着亮亮，"因此，否定这几瓶假酒，需要的不仅仅是对真假的鉴定水平，更重要的是体现这位专家真正的心理企图，倘若心中有贪念、有所求，即使是假的东西，他也不会戳破。"

亮亮虽然对这番说辞非常服气，心里的念头却是，明明想的是那个敢顶撞敢拒绝他的风罗，明明想要找的就是她，却不肯承认，王之谦心里藏着多大的秘密呢？

尽管王之谦会时常想起风罗，但还是没有主动联络。他对女孩子的热情已经随着米妮的消失而耗尽了。如果墙能说话，此刻它一定在叹息，它都记得，他与米妮初相识的样子。明明是第一次约会，她饿了，他已经打开薯片大嚼；她累了，他已经呵欠连天；她第二天一早飞机，他已然端坐在航班的第一排。无数次巧合才造就了今日的婚姻，就好像无数次粒子碰撞才造就了宇宙洪荒。他们都看到了巧合，却没有从中得到结论。最容易让人理解的反倒是双胞胎理论，在某种子宫的关系下，即使相隔很远，一方的情绪生理仍然会影响另一方，哪怕是冷漠。

直到几个月之后，他收到了一封邮件。

王之谦先生：

您好。

我已经在勃艮第生活了三个月了。春天经历过冰霜的天气之后，葡萄树终于开始发芽了，我在等待葡萄花开放。

关于勃艮第的酒单，我已选好。附上。

您的
风罗

王之谦心中奇怪，她怎么还在流浪，难道不应该在兰斯的酒庄与那男孩一起吗？他叫来亮亮："你还记得曾经遇见的那个中国女孩风罗吗？"亮亮当然记得，那个让王之谦奔去香槟区又失望而回的女孩。

"她还在那里吗？"王之谦问。

"我不清楚，你从兰斯回来说不要再跟她联系后，我就没有再联络她。"王之谦兴高采烈地飞到兰斯只待了一天就垂头丧气地回来，尽管事情原委亮亮并不清楚，但也为王之谦扼腕叹息。

王之谦觉得奇怪，难道她还在继续他交代的工作，便派亮亮四下打听寻找。这个女孩，还快乐着吗，这么些日子她是怎么过的？最终从西蒙尼那里获得了答案：风罗并没有留在香槟酒庄，她在比赛失利后第三天就动身去了勃艮第，据说现在在勃艮第的餐馆打工。

"为什么？难道是那个男孩对她不好，还是他们吵架了？"王之谦的脑袋就像是糨糊一样不明白，不理解，这样一个女孩搅乱了一湖春水后又在做什么。整日的工作之后，他开了一瓶酒坐在房间中，企图努力不去想，可就连下酒的新鲜杏仁都好像她的味道。她那温暖的棉布牛仔裤和淡淡杏仁的香气在他眼前形成一幅画面，她穿着破烂的牛仔裤穿梭在餐厅之间，举着巨大餐盘无法挪动。半睡半醒之间，他看到了她，手中托盘上有十几瓶啤酒，左手还拿着面包篮，围绕了一圈壮汉不断地推挤她，拿她玩笑……

霎时间，他醒来，发现自己还在家中的床上，一身冷汗，时间凌晨，正是法国晚餐的时间，她应该正在辛苦地工作。他努力不去想梦中的画面，生怕那变成真的。

早晨起床他没有办法不去想到她，他在啜饮咖啡的时候想着她，在击碎水煮蛋的时候想着她，就连看报纸的时候，上面有行小字"餐厅女招待惨遭杀害"都让他惊恐敏感。被前一夜的梦境搞得晕头转向，他在露台上透气，却又看到正在建造的有工人进进出出的地下酒窖工程。

王之谦发觉自己在乎这个女孩的程度已变得更深的时候，接到了一个久未联系的老师的电话。电话铃声有礼貌地响了三四声，又挂掉，过了一会儿又打了过来，像是欲言又止。这位老人视他如子，更夸张地说视他如生命的延长线。几年前王之谦管理着一家极速膨胀的投资公司，这位老人力劝他急流勇退，把所有股票卖给了法国公司。没过多久的金融危机导致投资公司惨败，只有他毫发无损还趁机购进了不少法国旧贵族和皇族拥有的精华地段。现在经济复苏，欧元逐日上涨，他资产的数字也跟着水涨船高。塞翁失马焉知非福。然而那段时间，卖掉股份、经济危机带来的人心惶惶，再加上长时间出差，以及米妮的离开，王之谦为此荒唐颓废了好长一段时间。那时的王之谦心里对老人多少有所芥蒂，因此很久没有相互联系了。如今他心里更多的是愧疚的情感。那时他卖掉蒸蒸日上的公司的股份，去参与日日跌宕的房地产，所有人都以为他疯了。只有老人不温不火地帮他把事情推进，尤其那些虽然破落但仍然倔强的法国老贵族们，若不是与老人有着战斗般情谊也不会轻易同意把房产出售的。

"你最近去法国吗？"老人慢悠悠说道，语气像是两个人已经聊了很长时间一样自然，"帮我找个人吧，我的女儿丢了。"老人语气冷静得好像是在谈论天气一般，"她最近要结婚的，新郎也是她选的从小一起长大的伙伴。可说去法国游学六个月之后就没有了消息。婚礼可以推迟或者取消，但总要她出来说一声吧。"老人的个性王之谦是了解的，看上去随和但是对亲密的人严格，绝对不允许亲近的人犯错。

王之谦从来没有见过他的女儿，老人四十多岁才有了这个孩子，却因此失去了自己的妻子。尽管深爱，可他近乎偏执地不想让孩子获得身边人的帮助。那孩子据说是个天才，十五岁就考到全额奖学金出国读书，回国时间很少。"她不肯回来，大概是觉得我这个爸爸不太称职吧。"老人说得有点苦涩。王之谦深深体会到他心里的挣扎，给孩子最好的虽理所当然，但他因为这个孩子而失去了更多，抱怀着让妻子高龄产子而丧命的愧疚，因而时常为此苛刻地对待自己和家人。

"既然是个天才，那么未来享受的时间很多，现在还是多吃点苦，否则是不会珍惜的。"王之谦还记得老人曾经说过，对于孩子，家里没有任何支持，女孩自从出国就只能窘迫地依靠考取奖学金和打工过活。这种旁人看起来不可思议的行为，始终没有改变过。王之谦敬佩他的决绝，为了让孩子未来无所畏惧。

"我已经派人把她的资料和照片送过去了，你应该拿到了。"电话里正说着，亮亮就拿着一个大牛皮纸信封进来，旧旧的信封右下角印有红色的字体，一看就是朴素老人作风，连信封都要重复使用。

"可是即使我找到她，她不肯回来怎么办？"在法国找人对王之谦来说并不难，他刚刚就找到一个，但要让她乖乖回国结婚并不是那么容易。

"多少年前我把她扔在英国自生自灭的时候，我就没想过她会再回来。能够知道她在哪里，活得很好，对我这个没剩几天的老人来说已经很满足了。另外，我再啰嗦几句，找人的时候不必让别人知道她与我的关系。毕竟让巴黎的老伙伴们知道了，他们会带上猎枪出门寻人的。"

"而且他们会支持她逃婚！"

"哈哈，那几个老家伙不追求我女儿我就已经庆幸了。"老人玩笑着，法国人的神经只能跟罗曼史联系起来，逃婚、一见钟情、私奔简直是他们生活中源源不断发生的事情。

"我想我已经知道你女儿在哪里了。"王之谦打开信封看了一眼说。

Chapter 13

勃艮第

　　风罗安静地坐在酒庄房间。黄昏的光线射进来，壁炉中噼啪作响的炉火中有暖暖的晕黄。她深爱这样层次丰富的光线射在物体上的感觉，在欧洲夏季漫长黄昏中的葡萄田里散步时常忘记了晚餐。此时，赛后的空虚感觉映进来，想要做些什么，心中却空荡无物。她一动不动看着窗外的太阳，在云层中，映射出华丽的颜色，直到最后整个房间变成一片漆黑。

　　轻轻的敲门声，有人蹑手蹑脚地走进来，"风罗，在吗？"一个男声轻轻地问。门外照进来的灯柱，斜斜洒在窗上，屋里的女子乌黑的长发散落着，露出象牙般的颈部和肩膀。麦克斯忽然有些不敢相信自己的眼睛，仿佛是盲人得到了光明，他从未知道女子的美丽原来有这么多细节。风罗摆了摆头，依然侧坐着，没有说话。麦克斯借着黑暗中的几缕迷蒙光线走进来，浅色的衬衫如同银色的月光，他慢慢地走进，那光芒就满满笼罩在她身上。

"别难过了。我想你留下来，这里的土地、葡萄树还有大雪才是你需要的。你不是演员，那些台上的表演不适合你。"麦克斯深深了解她，她爱葡萄园里的一切，爱它们不会说话却拥有灵魂。和麦克斯一样，她生来就不是为了在舞台上绽放，她的舞台是广阔的天地与大自然，她应在冰雹雨露中坚定地成长。风罗靠着他，还是没有说话，她喜欢与葡萄树对话，喜欢与酒对话，喜欢与麦克斯的音乐对话。她和所有人一样在生命中寻找那些充满灵性的东西，并试图与他人分享，殊不知其中的感知或感受是不能直接传递给他人的，只能通过某些媒介，譬如宗教、音乐还有美酒。不仅如此，分享的人还必须有表演的天赋、感染人的能力。她长久与自然打交道，直至此刻才发现这种能力的重要性。

在这里她的确可以过得很好，跟麦克斯一起在幕后做他们爱做的事情。一切关于社交、应酬和市场销售的工作都由喜欢抛头露面的哥哥塞巴斯蒂安来完成，配合得天衣无缝。可是风罗依然为比赛觉得遗憾，这里是打开她通向外面世界的一扇窗，而不应该是禁锢她的一间牢房。"麦克斯，真的是我没有这样的能力吗？还是没有努力过？如果不去尝试，我会一直遗憾下去的。"说着，她的眼泪又流了出来，"我一定要证明自己的能力。"

麦克斯抱着她，心碎成一片片。吻她的发梢，吻她的额头，吻她的脸庞，他心里知道，他已经失去她了。尽管这一个月，他想尽办法留下她，用了各种办法干扰她的比赛，可是看到她站在台上的时候，那虽然紧张但是坚定的眼神还有镇定又细致的描述，他就知道，风罗是属于那个舞台的，她的潜力远远超过表现出来的程度。虽然他自私地以为只要输了比赛，她就会认输地留下来，可她比想象的更执着。

在这昏暗的房间中，银色衬衫消失了光芒，他的身影融进昏黄的背景，正如他在风罗的生活中逐渐变成昏暗模糊的背景。

"她会成功的，让她走吧。"麦克斯心中想。他带着苦涩的幽默对风罗说："你知道我们法国人是从来不会等待的，此刻你走了，下次听说关于我的消息可就是我的婚礼了。"

风罗笑笑，带着泪，带着坚强。

赛后的第三天，风罗收拾了行囊就前往了勃艮第。那里是葡萄酒种植区的心脏，大大小小的酒庄不计其数，可是这次她没有拜托别人去找酒庄的工作，也没有告诉任何人她会去哪儿。她又和曾经一样，一无所有、无所畏惧地流浪。从小，她就被迫过着简陋的生活，家中虽然有良好条件，可是长辈总在耳边说："这些都不是你自己的，有一天都是要还回去的。只有双手创造的价值才是自己的。"长辈们以克制和拼搏为傲，无论如何都要孩子们也做到。为了不滋长优越感，长辈甚至要求他们的日常用品，比贫寒孩子使用的更简陋。风罗天生淘气，总爱在树杈房顶和防空洞中玩耍，即使出席再郑重的场合，也没有在乎过身上沾染的泥巴。这样的人放在哪里都不会产生惧怕。尽管酒田与酿酒工作是她熟悉的，但她所缺乏的是清楚地描述葡萄酒的能力，与人的亲和能力，以及在各种庄重场合下的自控能力。为此她住在了小镇博内，在镇上一家繁忙的高级餐厅里打工，那里囊括四百种酒的酒单，无一例外包含了经典产区的经典搭配。

"你今晚点的前菜是生蚝，非常新鲜的白珍珠蚝，我建议的搭配是来自勃艮第北部的夏布利白葡萄酒，全部是由生长在石灰质牡蛎壳化石上的霞多丽葡萄酿造而成，具有独特的风味，是与生蚝最经典的搭配。另外，小牛肉是三成熟的，多汁细嫩，我建议搭配来自沃尔奈¹的干红葡萄酒。酒体丰满，果味浓郁，最重要的是在果香之后有细腻的胡椒肉桂的味道，仔细品尝就会发现牛肉和红酒的味道十分搭配，因为我们事先把牛肉用胡椒肉桂腌制过。"三个月的训练，她对菜单和酒单驾轻就熟。

另外一桌日本客人正在招手："我们要啤酒。要两打，要很冰的。"十几个日本客人穿着统一的西装礼服，紧紧的肌肉裹在西装里面，还有高大的身材，提醒了风罗法国与日本的橄榄球友谊赛刚刚在附近结束。

"没有问题。"她将两打啤酒放入巨大的冰桶中，二十多公斤的重量对常在酒厂工作的她来说不成问题，她直接将装满冰块

---

1. 沃尔奈（Volnay）：勃艮第次产区伯恩丘内的一个产酒村庄，有大量一级田，位于玻玛（Pommard，以产强劲的红葡萄酒著称）和默尔索（Meursault，为口感丰富的白葡萄故乡）之间，出产的葡萄酒具有柔顺丰满与优雅平衡的特点。

和啤酒的冰桶抬到桌前。就连橄榄球队员也对她的天生神力表示吃惊，原本等得不耐烦的表情瞬间变成了惊讶。

"来，我给你们开瓶。"她迅速把两打啤酒打开摆在桌上，大汉们完全没有脾气，乖乖地从桌上各取所需。语言不通，仅有的一个带队翻译早已躲在一边喝酒，想问清每个人需要点什么几乎是不可能的事情。她只能拿出杀手锏——毛绒玩具，一只鸭子，一只牛，还有一条鱼。

"来，想要牛肉的举手，一、二、三、四、五个。全熟的举手。半熟的。偏生的。好。想要鱼的呢？鸭肉的呢？"她又举起鸭子的玩偶，十几个身高两米的彪形大汉居然被一个小姑娘管得服服帖帖，乖乖地举手示意。"好了，没问题。"坐在广场角落远远看着这一切的王之谦几乎要笑出声来。这还是那个安静羞怯得只会跟葡萄树说话的小姑娘吗？除了那天生神力是任何人都做不来的，她已经不似之前的她了。这么多天，他一直在责怪自己的粗心和自私，仅仅凭借她为了成为葡萄酒界的厉害人物而能够牺牲一切，就判断她是个家境贫寒的孩子，仔细想想，若是真的家境艰难又怎么可能允许她牺牲一切去追求梦想呢？

牛仔裤终于换掉，凌乱的头发也被利落的马尾取代，此前宽大的遮掩住身材的户外装换成了衬衫和黑色长裙，刚好收紧的腰部显示出风罗玲珑的身材。她的胸部是大且好看的类型，对比细腰，令人忍不住要往那里看。

"我们还要酒！"橄榄球员好似要为难她，那小瓶的啤酒在他们巨大的手掌之下就像迷你玩具。她每开一瓶就有人挑战似的一口干尽。风罗并没有胆怯，转身走掉，一会儿两肩各扛一箱啤酒大力水手般走了出来。客人们开始鼓掌，她将酒尽数放入冰桶，微笑着说："喝完再叫我。"便转身离开去服务其他的顾客。

那一夜，每个人都被这少女壮士倾倒，尽兴而出。直到最后，橄榄球员还恋恋不舍，用蹩脚的英语跟她要电话号码，醉得一塌糊涂的翻译也如小鸡似的被球员拎着派来翻译。不知道风罗对他们说了什么，他们大笑，其中一个抓起风罗抛向空中。在一群橄榄球员中她轻若无物。每个人都把她抛了一次，才放回地上。"你们的礼节比拥抱刺激多了。"老板闻声出来，看到阵势吓了一跳。风罗却不以为意，礼貌地挥手鞠躬，直到他们离开之后还停留了一会儿，似乎在张望着等待什么人。

"她在等谁？"王之谦问自己，"是橄榄球员？香槟酒庄那个男孩？还是我？"王之谦不确定更不敢走上前去。"她还认得我吗？"短短三个月时间，她似乎完全变了，更加开朗活泼，对人应酬有余。比赛没有打垮她，让她更加坚强有力了。她是一个无论在哪里都会快乐的女孩子，但是这不代表她不配拥有更好的生活，恰恰相反，因为她那无限爆发的小宇宙，她值得拥有最好的。

那天，打开老人寄来的信封的时候，一张照片就滑落出来，上面笑靥如花的，是王之谦完全没有想到的人。他以为自己进入了梦中，才又见到风罗。拿着照片，王之谦才想起风罗的姓氏与老人一样，老人也有着和风罗一样漂亮的酒窝。她吃饭谨慎的仪态、走路快得像跑步、训练有素的谈吐都应是自小培养出来的，而他却被那小乞丐的样子完全蒙蔽，没有想到她会是老师的女儿，更没想到她是逃婚至此。"老师，我想我知道她在哪里，我去法国找到她后，马上联系你。"王之谦对他说，老人很意外他如此迅速，"你还真的是很有办法，那我就等你的好消息吧。"

Chapter 14
重温旧梦

　　风罗为自己煮了咖啡，拖来一把柳条椅开始在庭院里吃莳萝腌鲱鱼和核桃面包。餐厅被盆栽的绣球和木槿包围着，头顶上是蓝得发翠的天，白色高墙外有看不见的鸟儿在橡树上唱歌。她过的是许多人梦寐以求的生活——春日的早晨，在一个美丽的庭院里沐浴着阳光品尝咖啡。这是难有的清闲时刻，再过一会儿，顾客们就开始聚集，在广场上散步，然后来这里喝一杯咖啡。然而，她还是喜欢一个人简朴节制的生活，喜欢与植物相伴的一个人的工作，不用费心打扮，只在美酒和美食上慷慨解囊。人的秉性一旦在哺乳期和幼年时期固定，就难以改变。

　　王之谦远远就看到了被花丛包裹着的她，春天的花香四溢，她也像是刚刚从冬天苏醒般清新，刚醒来的脸庞晶莹如露珠。前一个晚上，他不知道该怎么上前，该说些什么，该如何解释自己来到这里。虽然只是几步的距离，他却迈不出去。他失眠一夜，又很早站在了餐厅的门口，看着她骑着自行车欢快地进门，完全没有发现他的存在。他很想离开，又觉得不舍，只能走进广场中央的教堂，那里阴暗的灯光、彩色的玻璃，还有远处的雕像，都像是在跟他说："你在做什么？什么时候变得这样犹豫？想见她，就去啊。"他投入几个硬币，拿起教堂里的蜡烛点燃，心中默默祷告："如果我应该见她，那么就请这烛火飘向右边。"

教堂四角密闭，并没有风，烛火稳稳地向上燃烧，没有飘向任何一边的意思。他跺脚呵气也无可奈何，只能坐在木质长椅上发呆，看着那蜡烛慢慢地燃烧变短。直到蜡烛几乎烧尽，才有人陆续进门，使空气流动起来，烛火一飘，不管什么方向，王之谦看都没看，卷起行囊如释重负地朝着餐厅的方向奔去。

有人走进来的时候，风罗还在享受最后一口咖啡的香气。

"对不起，我们还在准备，没有营业。"她起身，看到一个熟悉的温暖身影。她曾经多少次想象过这样的画面，第一次见他，他踏着风雪来；这一次，他带来春风。积雪融化了，泥土变得潮湿柔软，鹅黄色的嫩芽破土而出，在春天味道的暖风中粉色的樱花纷纷落下，飘落走过的每一步，像是白色的地毯。

她想上前抱他，可两腿像化成了盐柱动弹不得。他们第一次这么平静地面对面，没有嘈杂声音和人群。他们的相遇其实算不上命中注定，也没有什么稀奇。他们都在自己的迷雾里，扮演着命运原本赋予他们的角色。风卷起了衣角，墙角里褪色的圣母像在微笑，就在这一刻化作烟尘吧，在他们为对方活着的这一秒。

"我找了好久，"他说，"一家一家，本以为中国女孩并不难找，但是没想到你会在这家著名餐厅。明明在眼前，却用了好多天。"他又低估了她，当地人说这间高级餐厅有个美丽的中国女孩时，他甚至想都没想就略过。本以为她会在某个小餐厅刷盘子，没想到短短几个月，她已然变身成为这里最具光彩最专业的侍者了。他看着她，心收缩得厉害，血液都能从指尖喷涌而出。在米妮离开之前，有好长时间他们都没有碰过彼此。每日的亲热变成了他与屏幕的亲热；偶尔的亲热都是一样的姿势、时间和热度。他以为未来的两万多天的日子里都会是这么沉闷度过；他看得到自己逐渐和米妮变成他父母的模样；再老下去就变成他祖父母的样子。直到肌肉皮肤松弛，垂挂在骨头上，他还是用同样的姿势，举着她的一只脚从后面深深插入，插到尽头的时候她会两眼翻白以为就此死去。他不知什么是欲望重生，直到此刻，站在风罗面前。

"要吃早餐吗？"两人注视彼此很久，谁都没有动，就如同他们之间有堵透明的墙，风罗突然打破了安静。王之谦猛地回过神点了点头，以为已过千年。

她走进厨房，打开墙上细长的柜子，里面有几十种绿色瓶子盛装不同的香料——肉蔻、迷迭香、香草，按照不同的功用排列着。

"你是要给我熬药吗？"他几乎到吸一口冷气。

"不，我是要用它们配一种忘情水。"风罗看他的表情笑了，"让我想想可以做点什么。"她打开另外一个柜子，里面有各种颜色的五谷杂粮。色彩缤纷形状各异的天然种子让这里看上去更像是一家博物馆。王之谦好像走入了一个魔幻世界，实际上他只是置身于一家餐厅庭院里的开放厨房。

风罗用细长的指头将蛋液和面粉混合，再缓慢加入温水揉捏，直到面团柔软光滑。

"你在做什么？面包？"王之谦好奇地看着。

"不，萝卜丝饼。"

"太棒了，小的时候，上海娘姨做的萝卜丝饼一级棒。热烘烘的，早晨起来会把人从被窝里勾出来。可是长大后，就再也找不到了。"王之谦又惊又喜地欢呼，漂亮的手指在大理石的案面上焦灼地轻敲，好像是为她伴奏。

"你若是想要找到妈妈的味道就会失望的。这是我自己发明的。"风罗解释着，而王之谦则痴迷地看着她的手将面团混合着萝卜丝放入滚热的饼铛中。香味顿时弥漫在四周。就着锅台，他将新鲜盛出的饼放入口中，烫得合不拢嘴又发不出声音。

"这几个月，我的葡萄酒知识有很多长进呢，"王之谦边吃着边对她说，"我知道这个叫勃艮第的地方是世界上最著名的葡萄产区之一，它所产的红葡萄品种叫黑皮诺[1]，白葡萄品种

---

1. 黑皮诺（Pinot Noir）：红葡萄品种，源自法国勃艮第地区，成熟较迟，对气候非常挑剔，酿出的葡萄酒口感细腻结构强劲，常被誉为"带着丝绒的铁拳"。

叫霞多丽。"

"哦？还有什么？"风罗颇有兴趣地看着他。

"我专门去葡萄酒学校学习了怎么品酒。你听说过'系统品酒法[1]'吗？我已经学会了。"

"哦？那你说说看最近喝过的一款酒吧。"

"好啊，我说一款酒你来猜是什么。丰富的草本芳香，有着青椒、罗勒和紫苏的新鲜味道，同时草莓蓝莓和樱桃水果的甜美充满口腔。在新鲜成熟的味道之后，伴随着饱满有力单宁的是薄荷香草的复杂味道，最后收尾处那一点点的焦糖核桃和杏仁回味持久。"王之谦略带炫耀地说，"你能猜出我形容的是什么酒？"

风罗大笑，摇摇头并没有回答他的问题，而是说了句"你来帮我"，便把木头的大钵递给王之谦。非常自然和谐的感觉，这就是平凡的生活吗？王之谦问自己。

"你要放什么东西进去？"他抱着大碗问。

她抓了把罗勒叶、生菜、紫苏叶扔进钵中。

"好像还缺点颜色。"风罗眨了眨眼睛拿出一盒草莓削片，又从花盆中揪出一把薄荷叶切碎，柠檬连皮放入机器中打碎榨汁，空气中清香的味道让人精神一振。转瞬间，她又抓了把蓝莓

---

1. 系统品酒法（WSET Systematic Approach）：一种来自于英国的葡萄酒分析方法，对葡萄酒的香气味道酸度甜度等口感因素进行系统分析，来判断葡萄酒的品质。英国葡萄酒与烈酒教育学会（WSET）在全世界设立了各种课程进行培训。

和草莓扔了进去。王之谦看得眼花缭乱目瞪口呆："这，是哪里的菜谱？"

风罗最后倒上香草酱汁，抓起杏仁片撒落在沙拉中点缀，混合其中的还有焦糖核桃。

"当然是你给我的菜谱了。"风罗调皮地微笑。王之谦差点忘记风罗是从石头缝里冒出来的人，有着能赋予任何东西魔力的手。

"我？我的菜谱？"那木色的钵映衬着浓绿的沙拉，好像是一棵漂亮的树，其中的草莓、蓝莓、杏仁就好像花朵，星星点点散布丛中。

"是啊，这不就是你刚才形容的东西吗？哪里是酒啊，分明是一大盆沙拉，"风罗终于忍不住大笑，"还是挺好吃的沙拉呢。"

"原来你在讽刺我！"王之谦这才恍然大悟，他本以为刻苦学习的品酒技能，居然最后成了沙拉菜谱！

"捉弄我的下场会很惨的！"

认识她之后，王之谦好像接触了人生的另外一面。曾经的他只觉得应酬很复杂生活可以很简单，那些繁缛细节是属于社交社会的。真正的生活只要一块饼干一杯清水就可以了。生活在她这里却是另外一个样子。从来没有这么多味道的集合，无法想象的世界展现在他面前，而且只为他一个人展开。

初相识的那杯酒，就注定他的日子会因为她而充满味道。能够把生活过得有滋味有品位，是他未曾想象，也难以想象的。

　　不吃东西不说话的时候，他们就看着彼此，好像从来没有见过，又或是第一次见面，想要把对方看个仔细。那些在脑海里出现千百次的想象，终于和现实结合，最后目光都变成能量，使空气开始凝固，气氛变得微妙。他离她那么近，她却不敢再走近一步。

　　为了打破这几乎胶着的气氛，风罗说："我们来做一个蛋糕好吗？"她站起来，像是躲避，又微笑地看着他，像看着一个孩子。他被她身上厨房皇后的气质吸引住了，那是另外一个她，与浑身泥巴在田地干活的她完全不同。"心情好或者不好的时候，最棒的事就是做巧克力蛋糕了。"她从橱柜中熟练地拿出面粉、可可粉、筛子和各种其他的瓶瓶罐罐。

　　"你来筛面粉。"她递给他一只金属的细网。

　　"我？"他有些吃惊，手足无措地接过来，"我不会啊。"

　　风罗弯下腰，看着乖乖坐在桌前的他，说："你对其他事情也会拒绝得这么快吗？"她递给他一只小小的酒盅，里面有种金黄色的几乎透明的液体，两个人看着彼此的眼睛轻轻碰了下杯子。"做好蛋糕的秘诀就是要喝足够的雪利酒[1]。"他看着她

---

[1]. 雪利酒（Sherry）：源自西班牙的著名加强型葡萄酒，主要产区在西班牙赫雷斯（Jerez），因西班牙语Jerez难以发音而被称作Sherry雪利。曾被莎士比亚比喻为"装在瓶子里的西班牙阳光"。在酿造过程中加入葡萄蒸馏酒来达到提高酒精度的目的，之后要经过复杂的索利拉系统进行自然陈化，其酒精度从15%到20%不等，糖度也从干型（几乎无糖）到极甜不等。

饮尽，也只得饮尽自己杯中的，略带着辛辣甜味，如同发酵的味道。他被这女人的魅力所感动。

她用他的手握住面粉筛，将面粉缓慢地倒入筛子，本来在袋中的面粉似乎滤出了生命，变得细腻，纷纷扬扬地落入了容器中。王之谦这才发现只要举着筛子轻摇就可以，之前的贸然拒绝现在看起来多么愚笨。他看着一边的风罗已经把可可粉、牛奶、奶油、糖混合在一起又加入了面粉，那蛋糕糊就已经完成，可以送入烤箱了。

风罗又倒了一杯雪利酒，与很多葡萄酒不同，雪利酒虽然也是葡萄酿造而成，但是经过了一种叫作索利拉[1]的陈年过程，其中混合了多个年份的酒液。因此不仅带有短年份葡萄酒的新鲜感，还有陈年葡萄酒复杂、丰富、成熟的口感。由于它还含有一定比例的高酒精蒸馏酒，酒精度会达到二十度左右。王之谦干掉一杯就感受到身体灼热，头脑眩晕。风罗也一样，她一口饮尽杯中酒又带着些犯错的紧张，红着脸将酒混入蛋糕中，但又忍不住诱惑偷偷将酒打开再来一杯，那模样就像处女在探索未知境地，脸红心跳欲罢不能。她是在用雪利酒诱惑他吧，可

---

1. 索利拉（Solera）：雪利酒独有的陈年方法，Solera源自西班牙语即地板的意思。将数十个装有葡萄酒的橡木桶按照桶内酒的年份，以从下向上由老到新的次序码放成多层，每年从最老的被称为Solera的桶中取酒装瓶，缺少的酒液用上层酒桶里的补充。以此类推，每桶酒都用于补充比它老的酒桶，并被年轻一级的酒桶补充，逐级转移。最终上市的酒包含了最老至最新的几十甚至上百年所有年份的特色。

分明她是在诱惑自己。

"你知道关于碰杯的传说吗？"风罗拿着杯子，"为什么要碰杯？碰杯时候为什么要看着对方的眼睛？'

王之谦想了想，想说什么可是打住，问道："为什么？你说来听听。"

"在酒席上的对手们为了享受美酒可又怕对方下毒，因此要大力地碰撞金属酒杯，使酒液混合在一起表明彼此杯中都无毒，相互信任的意思。而看着彼此的眼睛也是为了察觉对方是否心虚。"她看着他的眼睛，把酒杯凑上，与他的杯子碰触。这样的一个早上，只有他们两个人，好像是久居的情侣一起做着早餐；又像是陌生人，相互发掘出不曾展现的一面。

Chapter 15

约　会

　　第二天，王之谦来接风罗。她提早下班，虽然有些疲倦但难掩兴奋，自从来到勃艮第，每天就是在餐馆工作，很久没有放松过自己。其实她趁着午休的时候，有跟店主请假。

　　"老板，给我两个小时的休息时间吧，我想为晚上买件衣服。"她有些紧张地用脚尖在地上画圈。

　　"晚上的约会？"老板和所有男性一样对美丽的女性有着天生的八卦心理。"我们的风罗长大了。快去吧，记得买紧身性感的衣服！"他开怀大笑。

　　风罗本来就不应该属于这里的，自从那天她来这里应聘的时候他就知道了。那个时候的她憔悴没有自信，还带着忧伤，跟失恋的女孩没有什么两样。可是她吃苦耐劳，每天不把工作全部完成绝对不肯休息。现在她的脸庞充满着光，干活时候也会不由自主地微笑。谁都看得出来，她的感情重新开始了，无论是谁能带给她这样的快乐，都是最好的结果。

紧身性感的衣服？她走在博内小镇的路上，即使是个小镇也不乏高级女性服饰店，巴黎时装周的高级品牌这里都有，这里是热爱葡萄酒的有钱人度假的胜地，廉价的街头品牌在这里反而很难找到。

这几个月来，她忙于工作，除了房租，她几乎没有什么别的花费，加上老板从来不克扣餐厅固定的百分之十的小费份额。虽然工作辛苦得鞋底都被磨平了一层，但也攒下了一笔钱，现在到了花钱的时候。

风罗的脑海一直无法忘记惨败那次张敬之的穿着。她明白自己不仅是输在了技巧，更是输在了气势和仪表方面。她走进一家店，玻璃窗前模特凹凸有致的身上套着各种精美的服装和首饰，像一棵华丽的圣诞树。

她感觉身后有个背影闪过，就好像是麦克斯曾经总是不经意地站在她背后一样。在离开兰斯的时候，她始终无法忘记麦克斯心碎的眼神。

她曾经算过用一个骰子连续投掷出十二次点数六的概率远远小于二十亿分之一。同样的道理，在这个世界上居住着七十几亿人口，在大街上碰到他的概率，也是渺茫的。即使知道不可能，但只要看到一个熟悉的身影，她的大脑都像是要爆炸一样忍不住追过去看看，甚至忘了今天购物的目的。

跟随着那个陌生又熟悉的身影，在繁华与拥挤的街道上，她看到有家酒窖，并不大的空间里，密密麻麻层层叠叠摆满了世界各地出产的酒。她侧身进入，随着通道走到楼下的恒温酒窖。

　　这家小店，虽然貌不惊人，里面的藏酒却异常丰富，品种琳琅满目，无论是大西洋上仅有八平方公里的海岛出产的，拥有百年历史的马德拉酒¹，还是价格高昂到数十万元的勃艮第，每瓶都让人爱不释手，只是没有看到她想见的那个人。

　　身旁转出一个人，别着姓名牌文森特，问风罗："需要我的帮助吗？"

　　风罗有些失落，像乡下人进城般不好意思，"这里好多酒我都知道，但没有见过，所以每瓶都忍不住摸摸。"

　　文森特大笑说："放心，不只是你一个人这么觉得。我在这里工作近十年，这里销售的酒有好多依然没有喝过呢。"

　　她情不自禁走到放置香槟酒的区域，那里琳琅满目地摆放着几十款香槟酒，而大部分她都是与麦克斯一起喝的。她看到了麦克斯酒庄的香槟酒，摆放在显眼的位置，似乎是这里重要的品牌。文森特顺着她的视线，看到那瓶酒，随之笑着说："那是新一代酒庄的翘楚，年轻的两兄弟，完全自然的生产方式，使用天

---

1. 马德拉酒（Madeira）：酒精度在二十度左右的加强葡萄酒，来自于葡萄牙一个靠近非洲的小岛。岛上的高山上种植着高酸度当地葡萄品种，酿造时混入葡萄白兰地，保留葡萄本身的糖分和较高的酒精度。随后在高温高湿中陈年，不仅味道迷人且具有惊人的陈年能力，使餐厅酒单上时常出现陈年百年的马德拉酒。

然酵母取代人工酵母带来独一无二的口感。"

"能够做到这样，想必是人上之人了。"她轻轻说，在心里叹了口气。

"是啊，"文森特似乎找到了知音，"他们特别年轻，是行业内的钻石王老五，你也知道香槟产区的葡萄园地价是全世界最昂贵的，拥有一块地，光是卖葡萄就可以过着国王般的生活呢。不过前两天送货时，听说两个王老五的婚期近了。两兄弟都找到了对象，我猜在酒庄生活苦闷，早婚早育是必要条件。"文森特还在继续说着，风罗的心却突然从云端被揪起。就像他说的那样，他不会等她，他已经决定了婚期。

尽管心中没有爱意，可是胸口像是被一层雾迷住一般弥漫着酸楚感。并不是后悔，也没有痛苦，只是有些留恋和想象——如果那一天，她留下会怎样，她是否会成为公主幸福地生活，还是会变成家庭主妇，生很多孩子，为了照顾很多家人而挥汗如雨。想象也毕竟是想象，未来会有一瓶香槟酒以麦克斯新婚妻子的名字命名，可再也没有了"特酿风罗"，再也没有人在酒窖里拉小提琴给她听，也没有人带她坐在马车上看风景。那些都成为别的女人的专属了。她也终于解脱了，若留在那里，此刻在这里被讨论的就会是她吧。

还好我们都有了不一样的人生，她想。此刻就是两人真正的告别了。

"你真美。"他看着她。尽管她用打工积攒的钱买了条紧之又紧的裙子和高跟鞋，风罗还是穿着普通的衣服出现在王之谦面前。这是他们第一次约会，两个人紧张到手指尖都麻木了。王之谦拉着她走进一个世界，开车带她走进第戎最浪漫的餐厅。与中国很多飞快矗立起来的摩天大厦里最华丽最新鲜的餐厅不同的是，这里的餐厅永远越有历史越有味道。

在国内，大家都在不断寻找新的餐厅新的口味，仿佛味蕾只能接受三个月之内的新鲜装修。浮光掠影蜻蜓点水的餐厅是无法做出独有的风格的。存在了几十年的餐厅和为同一家餐厅努力几十年的餐饮业者才是这里最宝贵的财富。

餐厅位于第戎的河边，看到星星点点的灯光映照在河水之上，如同浮游在星际一般，一旁小型弦乐队在现场演奏，让一切都如梦幻。

穿着黑色燕尾服的服务员拿着精美的菜单，简单雅致的文字描述着一道道如艺术品的菜肴。风罗有些局促地坐下，"我刚下班，没有穿正式的衣服。"的确，侍者都比她穿得高级。

王之谦毫不在意，他今天特地换过衣服。前几天，在巴黎与亮亮走在日耳曼广场时，一家名牌专卖店里挂着的一条破烂的牛仔裤吸引了他，他就想着若是下次见她，一定要穿着它。

"没事，我的裤子还是破的呢。我们是一对牛仔。"他看着菜单，温柔又慷慨地注视着她，"你想吃点什么？可以是龙虾吧，或者是野兔肉，那些可以让味觉蹦跳的食物。"

"请给我一打生蚝吧。"风罗飞快地选择了前菜。

"真的是好选择呢，这里的海鲜大餐，缤纷灿烂如同烟花，让人迸发出幸福感。"

"这样吗？太好了，我们来一打生蚝好吗？"

"当然可以。"王之谦心疼地看着她。

她太过懂事了，懂事得连偶尔的任性都会让人心疼，只想满足她的口腹之欲，甚至更多。

一打生蚝被端上来，一个个整齐摆放在银色圆形金属盘中，旁边华丽而奢侈地铺满碎冰，那巨大的器皿又被放在一个比它还要大的椭圆形盘中，看着侍者戴着白手套郑重其事地端上来，王之谦食指大动，深切感受到新奢侈主义剩余物资的必要性。

风罗舔着舌头如同看到猎物的蛇，她的眼睛会发亮，带着渴望。拿起灰色凹凸不平的蚝壳，特别新鲜的仿佛还在颤抖的生蚝并不需要柠檬汁或红酒醋汁的搭配。轻启朱唇和着它天然的汁液"哧溜"一下，那生蚝被赋予了生命般滑入她的口中。直到那生蚝在口中消失不见，她才露出了满意的笑容。

"这是一种让人快乐的食物。"她说，感受着夏布利产区的白浪莎[1]带来的丰富酒香，那是如同矿石与银器相互敲击的快感。

---

1. 白浪莎（Le Clos）：特级田的名称，来自法国夏布利产区，此处特指在法律规定的特级田白浪莎出产的夏布利白葡萄酒。通常会使用橡木桶进行陈年，具有奶油坚果等丰富香气。由于橡木桶香气与生蚝无法搭配，因此文中风罗选用的是一款价格便宜、非特级田、无橡木桶陈年的夏布利作为搭配。

"风罗，"他轻呼她的名字，"其实，我这次来……"他想告诉她，出发前发生的事情，关于她父亲和家里的事情。刚开口就有一位西装格外笔挺脖子伸得特别直看上去像是经理模样的人走了过来。

"我叫米歇尔，是这里的经理。请问你是绿野餐厅的风罗吗？"他手中拿着一瓶酒。

风罗疑惑地点点头。

"上次去那里吃饭有见过你。你对葡萄酒的描述令我印象深刻，今天看到你，非常高兴，"他示意侍者拿来两个杯子，"这其实是刚才有中国客人要求换掉的酒。我想让你尝一下，是否真的有问题。"

能够被这家有名的餐厅的经理征求意见，风罗有些受宠若惊。她有些害羞地看着王之谦，并没有直接拿杯子，而是用眼神征求他的意见。

"客人点了这款酒，看到颜色就已经不满了，说喝过很多波尔多一级酒庄都没有这样清淡的颜色。喝了一口就说太淡了，没有酒味，又点了波尔多的酒，这瓶酒就剩下了。"经理滔滔不绝，"他们是客人，如果不满意我们当然会更换，但这酒完全没有问题。我觉得扔掉太浪费了。"

风罗拿起酒杯，"优雅的香气，精致地混合了栀子、茉莉花，还有红色水果桑葚和红莓，温润细致的骨架，丝绒般的单宁，这么女性化风格的黑皮诺加上淡雅的颜色，像是来自夜丘区[1]的香波-慕西尼[2]。"她的形容略带酒意可又增添了她的自信。

经理笑着说："我果然没有看错你。绿野能够有你在那里工作，实在是他们的幸运。它搭配野兔刚刚好，请享用。"他放下酒瓶，果然是来自罗伯特·格罗非[3]酒庄的香波-慕西尼，特别的是这款一级田是著名的爱侣园[4]。

"你在这里真的很引人注意。去过餐厅的人似乎都清楚地记得你。"

"也许吧，作为少见的亚洲面孔在这里怎么可能不引起注意？"他这才发现，风罗表面与这里一切的轻易融合需要多么大的决心和信念，以至于心中总有无法发泄的时候。那终日的随意和被人注视的时候的紧张，总需要在某种时候得到解脱。风罗无论做什么都带着执着，那种把自己放在众矢之的的坚决。王之谦发现她的专注不仅仅是对酒，而是对任何的事情，吃一种食物直到腹痛，这样的人若爱上一个人就无法收回吧。

---

1 夜丘区（Cote de Nuits）：勃艮第的核心产区分为南、北两个部分，北部为夜丘区，南部为伯恩丘区（Cote de Beaune）。依照勃艮第的分级，葡萄园被分为四级，分别为特级、一级、村庄级和大区级。

2. 香波－慕西尼（Chambolle-Musigny）：位于夜丘区的黑皮诺葡萄种植村，多是特级田和一级田。因土壤含有极高的石灰质，生产出来的葡萄酒芳香而优雅。

3. 罗伯特·格罗非（Robert Groffier）：香波－慕西尼村里的大地主，拥有整整一公顷爱侣园田产。

4. 爱侣园（Les Amoureuses）：香波－慕西尼村内的二十五个一级葡萄田中的一个。因为它浪漫的名称而被世人熟知。

王之谦看着清淡的红宝石光，透明闪着光泽，原以为味道应该和看到的颜色一样清淡，但在口中似有似无的花香，无声似有声的质感，弥漫。他看着她，情谊不可表露，却在空气里胶着。明明看不到，却如味道盘旋而上缠绕整个身体。

"这酒好特别……"欲言又止，王之谦没有把这句话说完——特别得就要以为是爱情了。这款酒有个特别的名字——爱侣园，这本是这块田地的名称，并无他意，也不似梁山伯与祝英台一般有个凄美的爱情传说，却因为它本身的味道，那种柔情似水、情深万丈的口感成为爱情之酒的化身——酒不需要一个故事，它本身就是一个故事。

"你知道喝酒为什么要碰杯吗？"不想轻易表露情意的王之谦故意把话题岔开。

风罗有些迟疑："这不是我曾经问过你的问题吗？"

"是的，可是我有一个更好的答案，你想听吗？"他玩弄着杯子带着些淘气地问。

"好啊，你说。"风罗洗耳恭听。

"我去过欧洲很多的地方，它们大都有着一些古怪的传统，而且据说这些礼仪传统都有着同一个魔咒，如果不遵守，那个魔咒就会降临。为此人们才能够保留这些传统。碰杯就是其中之一。"王之谦解释道。

"哦？所以为了保持这个传统，魔咒究竟是什么呢？"风罗的好奇心被激起。

"这个魔咒就是不遵守传统的人会被禁欲七年。"王之谦举起杯子看着她的眼睛轻轻碰过去。可风罗听到这句话，不但面红耳赤眼睛垂下，手一滑两个杯子刚好磕在一起。

"啊……"她轻呼。

"惨了，没有看眼睛，魔咒会出现的。"王之谦还在逗她，"不过还有一个办法可以解开魔咒，就是马上吻我。"风罗的脸更红了，明明知道是他在开玩笑，可还是不肯看他，只是脸变得更红了。

Chapter 16

在劫难逃

　　走在河边，她的眼睛望着星星，音乐不知何时已经停止，剩下的是河水流淌的声音、流星坠落的声音。

　　"我带你去一个地方。"风罗带着他走到了河边一座美丽古老的建筑旁，这里就是勃艮第著名的波恩济贫医院，里面有着难以想象的美丽树种和花草，旁边石门上方，镌刻着这样一行字："这里的酒滋养身心，富于神性，傲视死亡（Les Vins de Savignysont nourissants, theologiques et morbifuges）。"它有着漂亮的彩色屋顶，几乎照耀着整个博内老城，"我有时下班就来到这里看看花，闻闻这里香草的香气，从罗勒、迷迭香、柠檬草，各种葡萄酒里有的香气都在这里种植。可惜每次下班都是夜晚，这里都是大门紧锁的，从来没有进去过。"

　　王之谦看着花园里面，没有保安和狗，没有监控，通过栏杆看到里面影影绰绰的景色和散发出来的香气，就连门锁也没有换过，不过是一个古老的从里面就可以打开的门闩。也许是酒精，也许是这醉人的夜，也许是他想要犯罪的情绪，他施展身手飞贼一般爬上了烦琐的铁艺大门，想要翻门而入。

在欧洲古老文明中，铁艺是艺术中不可或缺的部分，在每个皇家宫殿中都可以看到云雾藤蔓层层叠叠的铁制拱门、围栏和装饰。这项几乎失传的艺术不但有着观赏性，还有着极强的实用性。这一点王之谦攀缘而上时就发现了。那些精心打制的铁质玫瑰，含苞待放、栩栩如生，就连玫瑰上的倒刺都精致体现出来。他的手被扎得生疼，尽管只有两米多高，他却耗尽了力气。终于达到门栏顶端，他抬起一条腿，骑在上面，喘了口长气说，"我进去就开门给你。稍等一下。"司发现本来就有许多破洞的牛仔裤似乎被钩在了某处，他强作镇定，双手握住栏杆顶部，脚部找好力量，一用力，只听到一声撕裂，虽然小声，在这安静的夜却格外清晰。

风罗看着他倒骑驴的模样，强忍主笑，问："张果老兄，请问你还要在上面待多久？"

王之谦虽然尴尬，但是不得不承认："我的裤子好像被钩住了。"半扶着，不知所措。

风罗看了看他的状况，可惜天色太暗什么都看不清楚，干脆伸手拉住门栏这边的裤子向外扯，想要裤子与其分离。可是作为女生，对男性的敏感部位并没有太多了解，只是用力拉拽他的腿部想让他脱困，没想到失去了腿部支撑，王之谦的重要部位狠狠与铁栏亲密摩擦起来，"啊……不要啊……疼……停……"王之谦像片在树枝上颤抖的落叶，痛苦的声音传出好远，风罗吃了一惊忙松了手。

"据说，汉武帝也是这么给人上刑的。"王之谦疼出了一身汗，用颤抖的语气开着玩笑。风罗看着他的模样，还没明白为什么他的表情如此狰狞。王之谦看着她睁得圆溜溜的单纯的眼睛，带着担心，又好笑又疼痛地说，"风罗，求你转过去，不要看。不要看我。"风罗以为他是怕自己担心，赶忙攀上门栏，"没事，哪里缠住了我帮你解开。"她自小练就树中穿梭的本领，自然没有把这放在眼里，直到爬至顶端，才发现由于张牙舞爪的铁制藤蔓，被半挂在空中的他只能半跪半蹲半趴否则屁股会戳穿千百个洞。"哦。"她轻轻发出顿有所悟的声音。

"求你别看我了，别看。"王之谦满身大汗之外，声音也带着委屈和勉强，就算要帮他解开，那么尴尬的位置也是难以做到的。

风罗尴尬地转过身去，忍住几乎要憋不住的笑音。王之谦稳了稳神，双手抓紧，双腿用力，怒吼一声"啊……"。过了很久，在长长的撕裂声中，王之谦才从如同标本挂墙的境地中解脱出来，摔落在地，只是那条裤子，已从大腿根处长长地撕开了一条口子。

"有没有受伤？"风罗跪下检查伤口。

王之谦瘸着腿，蹦蹦跳跳地躲开，"没，没事。"除了轻微擦伤和报废一条裤子，他几乎是毫发无损。"难怪，这里几百年来都没有什么保安措施，一直保有原样，连摄像头都没有安装。"风罗自言自语，扶着他起来。王之谦的心思立即飘荡，已经扯碎的裤子又被什么拉扯了一下似的。和他尝过的杯子的味道一样，和他日日思念的一样，她的头发有杏仁的香味，带着棉花的温暖。他好想咬她一口看能不能流出甜美的汁液，可扯出洞的裤子掩盖不住心中罪恶在涌动，他不慌不收拾身心，生怕那开口被撕扯得更大。

这姑娘能量真大，所有的牛仔裤遇到她都难逃一劫。

Chapter 17
替代品

　　"我收到了一张明信片。"老人在电脑屏幕的那头摇了摇手中的明信片。在王之谦的鼓励下，风罗终于有力量打开了自己，开始跟自己的父亲联系。她寄了张明信片给父亲，上面写着几个简单的句子，"昨日种种，皆成今我，切莫思量，更莫哀，从今往后，怎么收获，怎么栽。"

　　王之谦搜了一下，发现是胡适的句子。也许风罗在跟过去种种告别；也许是她在劝老人莫要悲伤；再或者是她在提醒自己莫再做出错事自食其果。到底是什么意思，王之谦也没有细究，更或许是父女之间的默契就更不得而知了。

　　"她很好。她在勃艮第，照片我已经上传。"老人兴致勃勃地学习最新电子产品。每天在上面发表，一只蝴蝶、一片蓝天、一块西瓜。回馈他学习精神的是风罗的照片，烤蛋糕、穿破牛仔裤、发呆还望着他笑的时候。

"王之谦，她看上去很开心。"

"是的，只是似乎不想回去。"王之谦说，出于私心他也不想风罗回去。

"不回来也好，只要她开心。其他的事情，我会处理。"尽管严厉，老人却没有强迫她做任何事情的意愿。

"那你呢？难道你不想见她？"

"孩子，时间对于等死的人来说就是一只静止不动的花瓶，直到有一天转瞬间'啪'地掉在地上 碎了。"他呵呵笑着，"那时我就和我的妻子相聚了。见与不见，没那么重要。"

他没有对老人说，这个女孩已经深深把他迷住了，不只是现在，她似乎早已存在于他生命中的一个角落，静静生根直至现在才萌芽。也许老人早已了解她的魅力才要深藏她磨砺她。

被隐瞒的不仅仅是老人，风罗也丝毫不知道王之谦的身份。他有些惭愧，辜负了两人对他的信任。可是他不确定风罗对他的感情是否同样强烈，而对老人的隐瞒使这看上去像是一次策划已久的私奔。他唯一能做的就是把持住自己，不去伤害他们。他很快决定之后前去拜访老人，请他成全。在此之前，他希望两个人的关系更稳定些，先隐瞒住风罗带她去意大利度个假。他们前往的地方是一个名叫阿尔巴的小镇，从法国越过阿尔卑斯山脉就可以到达。

村庄集市永远是最热闹的，通过麦当娜糕饼店的窗户，可以看到里面挤满了带着孩子的本地人和游客。这座被河流贯穿而过的城市的美丽，就体现在这个古老的广场上，是最优美也是最世俗的，穿着传统服装的金发妇女，有着结实肌肉的卖乳酪小贩，还有拉着小提琴的街头艺人。

他们就住在中心广场附近的一家小酒店里，院子和房间都大得很。两人的房间相邻，设施配置的位置刚好相反，就像是左右手一样，却分享一个巨大的露台，坐在露台上就可以跟房间中的对方聊天。

小镇的人们对异域来的访客有着异常的好奇，甚至连他们分开居住房间的事情都很快传遍了镇上。

"他们是兄妹，你看那鼻子眼睛都十分相像。"

"我觉得他们是私奔出来的情侣，看他们的眼神都充满着爱意。多么浪漫的结合啊。"

"也许他们是来自中国的贵族，备受迫害才流落至此，你看他们的衣着多么精致。"每个人对他们都有自己的好奇和对故事演绎。

下午他们在古罗马竞技场旁漫步，四周古老房屋的围墙种满了花，巨大红色蔷薇花束从墙上垂下来，建筑和花的和谐自然仿佛都是从这片肥沃泥土中生长出的一般。

正在欣赏沿途的风景，一中年男子热情打招呼，介绍自己，

"欢迎你们来到这里，我是亚瑟，本地人，就住在你们酒店的隔壁。"他伸手问候，风罗没有防备地伸出手去，他握住了手，按照当地习俗，他很自然地身子前倾吻向风罗脸部。很多时候的礼仪亲吻不过是腮贴腮，哪里知道他竟然用他那厚重湿润的唇贴腮，并还带着响亮的"啵"声，吻完一个，捧住风罗的脸在另一面又一个"啵"。风罗措手不及，竟然就这样被"强吻"了，又惊又怕又不能发作。

王之谦更是生气恼怒，心想我还没有那么亲切地吻过风罗，就被人捷足先登了，可看着对方天真无辜的样子，猛然抱过亚瑟的脸左右开弓吻了三下。

亚瑟抚着自己的脸有些迷惑，不知道为什么自己会被一个男子如此热情地对待。

"我们刚从西班牙过来，在那里习惯了吻三下！"王之谦觉得报了一箭之仇般的得意。

历史悠久的城市都与河流有关，小镇也不例外。水路两岸全是具有百年历史的老楼，有十几世纪的古老教堂和博物馆，还有当地风格的民居，鳞次栉比，其形各异，如诗如画。水巷的悠悠河水上总有一座小巧玲珑或木或石的小桥，透着神秘，透着沧桑，透着幽雅。

他俩沿途经过小小的石桥、迷你的教堂，在每一个驻足的地方，都想要把对方的模样和美景一起印在自己心中。风罗不经意发现广场上有个年轻人在对着她拍照。开始以为只是游客，所以并不在意，后来发现走向哪儿，那年轻人就跟向哪儿，并将镜头对向哪儿。风罗有些不快，跑进了广场里面。

广场很大，游人很多，广场的两个角落都有舞台，在轮流演奏。从古典音乐巨大的三角钢琴，到管弦乐的黑管、萨克斯，再到打击乐，两边方阵架势十分大，如同叫板似的轮流表演。大家在音乐中和广场上的鸽子嬉戏，还有人随着乐曲跳起华尔兹。

王之谦和风罗一转身却又看见那个男子手持相机拍照，没有想到这么大的广场他也能跟住不放，王之谦终于忍不住对他叫道："请走开！"但那男子干脆径直走向风罗，操着英语礼貌地说："对不起！我在拍您。"风罗马上反应到这一定是那种拍情侣照强收费的赚钱把戏，就好像在三里屯强迫情侣买玫瑰。

他接着说下去："我非常喜欢您！"可风罗根本没听见他后面的话，直接大喊道："我才不会付钱给你呢！"刚喊叫完，身边的王之谦竟惊天动地地大笑起来。风罗一片茫然，这时只听那个年轻人结结巴巴地对她说："我没有恶意，我只是喜欢您，我无法克制自己，您误会了我。请您原谅！"风罗才明白这位男子竟然是来表白的，这时王之谦笑得前仰后合，而风罗的尴尬则是任何面具也无法掩饰的。

"你们是情侣吗？如果不是，我可以留您的电话吗？"那男子还在努力搭讪。意大利的男子直率得让人无法讨厌他们，可是比较起来，他们是情侣吗？这个问题更让人尴尬，他们互相看着对方，焦灼地看着彼此的脸渐渐变得像番茄一样红却说不出一个字。

王之谦很想说，这个女孩是属于他的。可是他心中的秘密让他说不出口。他不想把这次与她的时光变成一场预谋。他们站在那里，没有言语。直到那个男子走开都没有移动分毫，像好朋友一样相处，亲密的关系却无法再近一步。

晚上，他把她送到房间，还是没有忍住地拥她入怀中一秒，仿佛不经意地把吻印在她的额角和发尾。她期待着王之谦会吻她，就好像是真正的恋人欲望炽热难耐般地，把她按在墙角地吻，他却没有。他只吻她的头发。

深夜，在酒店里同一堵墙的另外一面，王之谦看着镜子，对自己说，"你忘记米妮了吗？你真的决定将她从心中移除吗？"

这些天来他一直梦到米妮，梦到他们的身体紧紧结合，他的手穿过米妮颈部寻找她的嘴唇，抚摸她光嫩的胸膛，然后延伸到平坦的小腹。

这是如同世界之主的掌控感，每一寸皮肤、每一个敏感部位、每一次涌动都由他来控制。

那场景美妙得他可以抽离出自己的灵魂在空中看两人做爱的

场景。米妮白润的身体发着珍珠般的光，就像是名画中维纳斯的裸体。

　　每次从春梦中醒来，他都会恐惧地触碰床榻的另一边，生怕真的有一个女子成为米妮的替代品躺在他身边。

　　"至少那个替代品，不能是风罗。"他对自己说。

Chapter 18
朝夕相处

阿尔巴小镇虽小，却是皮埃蒙特产区的葡萄酒中心，以美酒和美食闻名。从意大利酒王巴罗洛[1]到巴巴莱斯科[2]，都受到历代王室的喜爱，在萨鲁佐女侯爵、萨丁尼亚王，甚至法国国王路易十四的餐桌上都常有巴罗洛红酒。

这里的人好客友好，连早晨王之谦去买风罗爱的手工面包，都有人送上一杯酒与他喝上一杯。搭配上鹅卵石那么大的面包，美味得难以抗拒，咬下去才感受到里面细致丰满的质感。王之谦拿着酒杯，又到隔壁亚瑟的摊位买带着蜜糖和香草的煎薄饼和浓

<hr>

1. 巴罗洛（Barolo）：红葡萄酒的名称，同时也是地名。巴罗洛葡萄酒是意大利皮埃蒙特大区最具代表性的特产，也是意大利最好最具陈年能力的红酒之一，用纳比奥罗葡萄酿造，常被誉为"酒王"。在酿造风格上有传统派和创新派的纷争，因此能够购买到的葡萄酒风格也大相径庭。

2. 巴巴莱斯科（Barbaresco）：红葡萄酒的名称，同时也是地名。与巴罗洛齐名的意大利名酒。其产区位于意大利阿尔巴市东北边，隔着阿尔巴市与巴罗洛产区遥遥相对。所使用的葡萄品种是同巴罗洛一样的纳比奥罗，但有着更细致柔顺的单宁和风格。

郁辛辣的洋葱蛋糕，它们混合着散发出浓郁香气。

亚瑟正在饮酒，他的面色永远红润成熟，一看就是成天与葡萄酒打交道的人，才有葡萄般赤红的皮肤。"你知道能够战胜时间的是什么吗？不是生命，不是爱情，而是我杯中的酒。开瓶三天了，味道却一直在变化得更好，是完全不受时间影响的酒。"

王之谦心里像被什么扎了一下，有时候感情的长久还比不上一瓶酒。

吃过早餐，风罗从亚瑟那里打听了山羊乳酪的牧场，带上王之谦，说要开车追逐着山羊上山，因为亚瑟说跟着它们就可以找到有机山羊奶酪。果然跟着山坡上那群毛色黑亮的山羊行驶不久就看到了指示牌写着"山羊牧场前行200米右转"。

车头一转就看到屋里奔出一个十几岁的女孩手里拿着一根手杖，从山坡上奔跑来的山羊看到她就温驯地低头进入栅栏中。原来是取奶时间到了，牧场主的女儿莉莉正赶它们入栏。在她低声呼喝下羊群温顺极了，完全没有刚才在山坡上威风凛凛奔跑的野性。

"今天我们来挤羊奶。"风罗饶有兴趣地上手参与，王之谦却还站在一旁心里嘀咕，难道不劳动就没有饭吃？美国牛仔电影里面无论是奶牛还是山羊都很难驯服，更别说给它们挤奶了，而且这可是野性未驯的野山羊，根本不可能的事情啊。他还在发怵，莉莉已经把饲料桶塞给风罗了。

其实哪里用人挤奶，自动化的程序很简单，莉莉用手杖发出指令，每只山羊就会走到食槽前面，给它们喂食的同时将真空吸奶器放在乳房上，就有白色的液体源源不断地流出了。吸奶器可以同时服务十二只羊，而王之谦和风罗的任务就是不停往食槽里加入食物吸引羊群安静地待着，另外在山羊又高又长的角被木栅卡住的时候帮它们松脱。

这些羊漂亮极了，有紧实的肌肉和巨大卷曲的角，风罗趁着它们低头进食还摸了摸光滑的皮毛，可以感受到它们的生活快乐极了，奶抽完之后山羊们就又被放开，不受拘束地自由奔跑了。

"好了，现在你们有资格吃奶酪了，因为你们闻上去就像是两只野山羊。"

的确，头发上插着稻草、身上都是草屑和羊毛的样子，大概小羊都会把他们认作妈妈吧。可是吃到新鲜山羊奶酪的时候一切都变得值得了。

山羊农场的品尝室温暖舒适，各种奶酪根据其发酵时间和特点放在打着灯光的明亮展示柜中，旁边有着巨大落地窗的房间是操作间，整个房间都充满着奶香与各种香料混合在一起的味道。新鲜的山羊奶酪柔软绵密入口即化，带着些许海盐的味道。

如同拇指大小的羊脂球：加入了羊发酵酶制成的奶酪，有杏仁类干果的味道，还带有一点酸味，口感和纹理都很细腻；外皮奶黄色内心雪白色的比诗特：同样是用羊发酵酶制作，外壳很软很细腻，而里面白色坚实的心放到口中会有很快融化掉的柔滑感；还有经过很长时间发酵，蛋白质已经凝结成颗粒，带着蘑菇香气和浓郁臭味的经典乳酪。

这个时候最妙的是身边有一瓶美酒了。刚才那赶羊的女孩进来，端了一瓶酒和几个杯子。

"我要被宠坏了。"仅仅做了一点事情就有这么好的招待，风罗几乎受宠若惊。

那杯子里的酒更是美妙，优美的2010年陈年散发着它独特的魅力，这么精致与巧妙的结构，与外表柔软放入口中却绵密不绝变换口感的奶酪令人沉醉不已。葡萄酒中的果香和酸度弥补了奶酪的腻感，不小心就吃掉了拳头般大小的鲜奶酪。

"这酒就是我啊。"风罗在喃喃自语。

王之谦看看酒瓶，那不过是一款普通的被农场用来搭配芝士的葡萄酒，粗糙便宜的酒标，价格也应该很低并没有什么特别。可她拿着酒杯，看着这款在意大利乡间种植很广的葡萄品种伯纳达[1]，心中百感交集。

这个葡萄酒品种源于法国，几个世纪以来被热爱迁徙的移民们带到了意大利的各个角落，成为意大利广泛种植的平民葡萄品种。它能够四处安家落户的重要原因就是它酿造简单直接，是便宜的大桶装酒的主要品种。

---

[1]. 伯纳达（Bonarda）：原产于意大利的酿酒红葡萄品种。所酿红酒酒体轻，单宁低，常用于量产桶装酒。现在是阿根廷产量位列第二的红葡萄品种，很多人通过精心培育期待更高品质的伯纳达。

"它是酒世界里面的野草，"风罗对王之谦说，"因为生命力强适应力强，所以漂泊到遥远陌生的地方也能扎根生长，遍布世界各地。"

　　风罗张了张口却没有说出下面的话，这个葡萄品种有一个重大的缺陷就是对产量对阳光对种植对酿造工艺都异常敏感。因为生命力强，所以被人们随意对待——追求产量，而非品质。可对产量敏感的它，过量生产就会结出苦涩的果实；它又对橡木桶敏感，过多过少都不行，以至于专业酿酒师们实验多年都把握不好。那些气急败坏的酿酒师口不择言就认为它是扶不起的阿斗，认为不需要小橡木桶精酿，而是便宜大桶罐装最适合它。

　　"它的口感不似赤霞珠那么扎实，也不似黑皮诺那么丝绸般细致，它更像是一朵蒲公英，看似圆润饱满实际轻飘，轻轻一口气，就会飘起来，摇摇晃晃，飘飘忽忽，在空中在口中在舌尖。"风罗叹了口气，仿佛说的就是自己的命运。

　　"伯纳达，伯纳达，这个名字有趣，"王之谦在口中回味着这酒，咀嚼着这个名字。"读起来就好像中文的——薄难达。"王之谦脑海中浮现出来"情深不寿，情薄难达"八个字，用情过深难以长久，用情过浅只得露水姻缘难达彼岸。猛然心酸，他对米妮用情太深，只觉得天上人间，一切只道是寻常，漠视人间一切疾苦，直到失去才发现那些日子不过是梦里的，好像发生过却没有真实存在的。

"蒲公英般的口感酿不好会让人感觉不够扎实，酿得好就会像是中国戏剧一般，气冲丹田的高音飘忽缭绕，能直冲向九天去。"风罗没有意识到王之谦的感怀伤离别，还在描述她心目中的酒。

　　她心中的野草情结作祟，总期待野草也能开出漂亮的花朵。"我曾经喝过一款来自阿根廷的伯纳达，叫作爱玛，就是那个简·奥斯汀的'爱玛'，弥漫着果香味道的酒体拥有一种似有似无的质感。美好得甚至无法张口，就像美梦般不愿醒来。"

　　风罗看着王之谦，想到那款酒的味道，心中泛起涟漪，几句话从心底流淌出来，一直流淌到眼底却生生在舌尖停住，"青青子衿，悠悠我心。纵我不往，子宁不嗣音？"像个女子在等待情人的消息，她所有的感情不敢表露，却在空气里胶着。明明看不到，却如味道盘旋而上缠绕整个身体。

　　王之谦看着她放不下的矜持，游移变化的眼神，带着心疼说："我们下次旅行去阿根廷，我带你去看那个酿出'爱玛'的酒庄。"

　　"如果你们喜欢这个，那应该尝尝山顶上的葡萄酒，它与芝士的搭配才是绝妙呢。"莉莉直指山坡上的葡萄田时，他们才发现这山坡上有一小片葡萄田，在森林和草地的包裹下显得格外精致。顺坡而上，杂草丛生蜿蜒曲折的小路着实让他们体验了把山羊攀援直上的感受。庄主凯瑟琳对这样的不速之客并没有太讶异，只是说，"我正在做花果酱，你们自己参观好了。"

这里的葡萄田与平时见到的不太一样，其间杂草丛生，正值春季，开着雏菊月季和各种无名野花，可葡萄树却被照顾得非常健康饱满。绿色珠串般的葡萄花旁的树叶都被人工剪下，以保证果实有充足的阳光。低头一闻，米粒般小的葡萄花有种让人头昏的香甜。树根旁散落着被摘下来的小小的还没有开出来的青青的花骨朵——这是为了保证口感的浓郁和饱满性而牺牲掉的产量，由于牺牲太大只有品质极高的葡萄田才会采用此种方法。

风罗越看越觉惊异，仿佛被什么吸引越爬越高直至山顶。那时才看到了酒庄的秘密，原来整座山上都是酒田！每片田地的面积都不大，仅仅挑在位于连绵山丘向阳的最佳位置，点点片片地在旁边巨大的森林映衬下如同珍珠般散落着。

凯瑟琳不知什么时候站到旁边，说："远处天际线上就是云海，那山顶的白色是一小块雪山，在这里你可以天天看到壮丽的夕阳染红眼前的一切。"

任何人都会羡慕这些葡萄，它们可以每天享受如此美景。

"非常抱歉我们山上的路不好走，因为修路所使用的除草剂和化学制剂对葡萄有影响，所以这些石头路都是我们亲手铺的，每年因为下雨都要修好几次。"凯瑟琳看到他们颇为笨拙地走在山路上，有些抱歉地说。

王之谦有感于这样先进与古老并存的农业管理理念，或许可以应用到自己未来的项目中去。他问凯瑟琳："这种保持有机和生物活性的方法持续了多久？"凯瑟琳非常吃惊反倒过来问王之谦："难道本来不就该是这样的吗？"

"施行化学耕种是非常短视的做法。山里有野兔野鹿山羊，它们会采食葡萄，它们的粪便又滋养着树林里的无花果松露樱桃这些我们吃的东西，如果使用杀虫剂除草剂，那么就不仅仅是对葡萄园的破坏而是对整个环境的破坏，而这种破坏总会还到我们自己身上。"这种类似佛家因果的理论从金发碧眼的凯瑟琳口中说出，着实令人感慨。

"葡萄园旁有条小河，我们采收后都喜欢在里面游泳野餐。如果往葡萄园喷洒有毒害的化学药剂，毒素就会融入河流，最终毒害的还是我们自己。更何况整日在葡萄园里做工的是我的家人，父母和弟弟，我要做的就是让这里永远地健康自然。"

他们两人坐在葡萄园的山顶，看着夕阳把整个葡萄园染成了红色，变红的还有他们的脸颊、肌肤、发丝。他终于明白，这个女孩在追求的是什么。葡萄酒对很多人来说只是那一瓶酒，但是对她却是整个世界，包含了这里生长的一草一木，日出日落，从大自然到生活，从自己到他人甚至下一代，都包含其中了。

他看着她，只有这样的女孩才值得拥有一个酒庄。因为她明白这其中的因果循环，道法自然。

Chapter 19

风之子

　　带着山羊独特的膻味、很多芝士，还有山上独有的鲜草泥土，他们回到酒店时天色已晚。凤罗疲倦地伸着懒腰打着呵欠，又勉强睁着眼睛。

　　王之谦拿着酒，兴致颇佳，"洗个澡，清醒一下，我去买瓶酒来搭配芝士。今晚我们就不出去吃了。"

　　他穿过火红色砖墙的摩里乌斯教堂，找到很多卖熟食的小贩，搜罗到各种风干的肉类和灌肠、来自阿尔卑斯山高地珍贵的乳酪、由贵腐菌侵袭感染后稀有的甜酒、混了香草的橄榄、装在大罐子里的鹅肝酱。

　　在温暖的地中海区域，除了阳光沙滩和海洋，还有一块远离大陆的岛屿名叫西西里。

　　意大利公国的领土众多，其中大部分都保留着难能可贵的独立精神，国家意识不强，酿造出的酒与当地的人一样也是以独立风格为标准。

在西西里人的努力下，黑色贫瘠的火山土壤中种植出的葡萄有其他地方都难以复制的风格。王之谦趁着风罗洗澡溜出来，想买的就是这款酒，它是产自西西里岛西南部潘泰莱里亚岛的风干葡萄甜酒。这里虽然属于意大利，位置却离非洲突尼斯更近，有强劲的阳光和飓风，只有最坚强的人和葡萄才能在这里生长。采收的葡萄风干之后，水分蒸发掉，所有味道浓缩聚集其中，用来酿造带着桃子、杏果、葡萄干等各式各样果脯香气的葡萄酒。它有一个美丽而又古怪的名字——Donnafugata Ben Rye，风之子[1]。Donnafugata翻译成中文，就是逃跑的女人。令人尴尬的是，这与他和米妮的状况相映成趣。

当王之谦因为又想到米妮而感到尴尬的时候，风罗也在为难。她躺在满是泡泡的浴缸里，打电话给西蒙尼。

西蒙尼关切地问："你们玩得开心吗？有没有做爱做的事情？"那满面胡茬的样子，还真是让人很难想象他有如女性般心思细腻的一面，也只有在电话里，他才像个闺蜜。

"没有啊。"

从勃艮第到意大利，穿越了地中海，什么都没有发生。

---

1. 风之子（Donnafugata Ben Rye）：甜白葡萄酒，出自西西里岛的多娜佳塔酒庄。这款白葡萄酒以麝香葡萄酿成，口感丰厚，芳香迷人，回味绵长。"风之子"的名字据说来自于西西里岛上的略带芳香的微微细风。

"天啊，风罗，难道你不喜欢他？他可是为了追随你才跑去勃艮第的，难道你就这样抛弃了他？"

自从王之谦从西蒙尼处打听到风罗的消息后，西蒙尼就在整个故事里以媒人自居了。

"西蒙尼，你说他会不会不喜欢女人？"风罗有些沮丧地说，"不过，有的时候，连我自己都搞不清自己是女人还是男人，也难怪他分不清楚。"

西蒙尼大笑，"我敢拍胸脯保证也喜欢女人，喜欢任何大胸长腿的漂亮女人。不过不知道你的胸是否够大，腿是否够长。"

风罗站起来，任由肤上水滴落下，看着镜中的自己，修长的腿，长期体力劳动而特有的紧实肌肉，被晒得颜色略不均匀的皮肤，还有高耸的胸脯。

"难道我不够性感？我该怎么办？"

浴缸里的泡沫就好像她的心情，不安定地在水中翻滚飞舞。

"哈哈，好好享受这一刻吧，我的宝贝。没有什么比不确定的暧昧更美丽的了，他可以是你想象的任何样子。要知道，两个人真正赤裸相对的时候，那些不美好的东西也很难藏住了。"

"赤裸相对……"风罗看着镜子里赤裸的自己，"不美好的东西吗？我还好吧，没有什么需要隐藏的。难道他有什么需要隐藏的？"

王之谦的确是隐瞒了关于风罗父亲的事情，但准备就在今晚坦白。他用提篮装好了食物和酒，想要给风罗一个惊喜。没想到吃了闭门羹，没有人为他打开房门。他从自己房间进入露台，到达她的窗口，就好像罗密欧为朱丽叶做的那样，却看到床上没有人。门虚掩着，他迈步走进，把食篮放在桌上，才发现那孩子躺在浴缸里，旁边摆着喝了几口的红酒，睡着了。

"风罗，醒醒，醒醒，你怎么在浴缸里睡觉呢。"他尽量背着身子走进浴室，不去看她被泡沫遮掩的身体，轻轻摇醒她。

也许是酒精的作用，风罗迷蒙之间，没有立刻清醒。"我没有睡着啊，我在喝酒呢。"

这孩子太会享受了，美酒和泡泡浴，都让人有种迟钝和麻木的舒适感。她抬起被水泡得皱皱的指尖，扶住浴缸边缘，把裸露的肩膀也躲在白色的泡泡下面，并没有要出来的意思。

"你带来什么吃的了吗？"她问。

王之谦努力不去看她，哪怕那一点点露在外面的皮肤都让人脸红心跳，血脉偾张。他把篮子提到浴缸旁边，说："帕西多甜酒¹，还有一些乳酪。"

她惊喜地拍手，"太好了，正是我想要的。"她伸手就将那酒提出篮子，跟着喝了一口，琥珀色的酒在水晶杯中，像金子般耀眼。

---

1. 帕西多甜酒（Passito di Pantelleria）：甜白葡萄酒，来自于意大利南部地区，与前文中提到的稻草酒是来自不同产地、相同的酿造方式的甜酒。

"别的女人有钻石，我有美酒。"她惑叹。

王之谦觉得又好气又好笑，她不但没有因为他在而尴尬，相反却自顾自地享受起来。他拿着篮子，说："你是要我在浴室里陪你吗？"

"为什么不可以呢？"风罗笑，心里想着，反正你也不会碰我。难道是他说的七年禁欲的魔咒真的实现了？

Chapter 20

迟来的吻

　　"你能闻到葡萄花的味道吗？"风罗走在田里，指着那些绿色的刚刚绽开的花朵给王之谦看。"一朵花就是一串葡萄，开七朵花，就足够酿成一瓶酒。记住现在葡萄花的味道，因为它会变成酒，下次我们开启的时候，这味道就会在酒中了。"阿尔巴的天气跟女孩子的心情一样变化多端。早晨推开窗口的时候，窗外葡萄园沉浸在迷雾当中，就像住在天际云端一般，据说这迷雾就是当地葡萄品种纳比奥罗[1]的原意，因为每当纳比奥罗成熟的时候，迷雾就会出现。等到太阳升起，迷雾消失得一干二净，干燥的阳光照射在葡萄上，杀死病毒和细菌，葡萄树尽情享受光合作用带来的营养，结出最健康的果实。

---

1. 纳比奥罗（Nebbiolo）：红葡萄品种，产自意大利。有着强烈的单宁却没有太深的颜色，酸度强烈，能发出强劲集中的陈年味道。它的陈年能力很强，老酒中会散发出蘑菇、松露的香气。它的名字Nebbiolo在意大利语中是"雾"的意思。由于对地理气候要求极高，迄今为止纳比奥罗在其他国家无法达到其在意大利的优越品质。

"知道吗？我喜欢这里。作为一个平凡的人，我喜欢这里的阳光、地中海还有葡萄。我想在这里买一个酒庄，能够生活居住在这里，过平凡人的生活。"在这童话般的国度说出再浪漫梦幻的话，王之谦也不会觉得不切实际。

　　风罗开始低头不语，只管向前走去。王之谦以为她是害羞，追上去一看，却发现她低头是为了忍住笑。风罗说："你要买酒庄，为什么听上去是要买个房子？如果是为了居住到这里，直接住酒店或者买个房子就是。"

　　"不去请教种植专家酿造专家的意见，却找一堆房屋中介来给你们出主意，不去研究葡萄品种，不去细考土壤结构，连高风险的老藤葡萄树都被外国人加一倍的价格卖给你们。老藤葡萄就是风烛残年的老人，就算再睿智更有气质，可是它还剩下几年？又有谁能够确保它在未来的日子里，不会随时死掉。那时，购买酒庄就成了购买一个房子了，而是购买一片空地外加野草。"

　　阳光从树叶之间照在她的脸上，柔和、清爽。就好像他们前几天去的那座教堂，古老哥特式的塔尖已经修葺了一个世纪，却又漫长得不知会在何时完成。那高耸的几乎望不到顶的教堂传来管风琴弹出的和弦，深沉、饱满，如同她说出的话，热烈的重重的一击，回荡在整个空间。高音、中音、低音不断震颤，侵蚀着他的灵魂。

　　她和他平时见到的人都不一样。她现实而有梦想，却又跟其他人的现实并不一样。这个女孩口中永远谈的是风土条件、酒中的风格和特色。他被这样的纯粹给迷住了。他不是一个盲目投资的人，购买酒庄是他从来没有想过的事情。他看着她站在砾石之中，热爱地看着这片土地，那灼热的目光不仅是他，每一株葡萄树都可以感受到，如果什么人配拥有一个酒庄，称得上酒庄庄主的话，就应该是这样的人。

酒田的另外一头传来热闹的音乐，有人从田间跑过，吓了他们一跳。那人看到他们，非常有礼貌地停下来，"你们好，我是让·马克，我们正在举行一场婚礼，我是伴郎，请来喝一杯吧。"他的着装非常怪异，只戴了领结，穿着短裤和袜子，露出毛茸茸的手臂和胸毛。后面穿着华美礼服的似乎是他的太太，在喊："让·马克，新娘要跟伴郎跳舞。"

"等一下，我们有两位客人，我正在邀请他们呢！"众人听到他的喧闹都走了出来，发现一对璧人站在酒园旁，非常欣喜，"今天我们酒庄嫁女儿，远道而来的朋友一定要喝一杯。"

众人挽着他们进入酒庄修建得精致美丽的后花园，正巧看到有人把一个穿着礼服的男人扒光扔入泳池中，溅起一片水花。每个人都在鼓掌大笑，从八十岁的老太太到八岁的幼童都十分享受这一刻。

"请你们千万不要介意，意大利的婚礼如果没有人喝醉，没有人赤身裸体，没有人私奔，那就不叫婚礼了。"让·马克把仅剩的一双袜子脱下来，端端正正放在花园巨大的粉色蔷薇拱门之下，"这样我就不会忘记穿它们了。"然后翻身一跃以极滑稽的姿势跳入水中。舞池里响起欢快的音乐，年轻人大笑着拉老人家一起跳起了康佳舞。这种集体舞不需要任何技巧，只需要所有人的参与。每个人把手搭在前面人的肩膀上，随着节奏在舞池里绕圈舞蹈，开始领头的让·马克很得意地带领人群把新娘新郎围在中间，但是很快这条长龙就像胡乱冲撞的火车东倒西歪地撞来撞去。音乐越来越快，人越来越多，最后变成谁也分不清楚首尾地原地打转。跑不动的老人们早已坐在一边看着乱糟糟的人群大笑，姑娘们跳得头发散乱衣裙不整还大声唱着歌。意大利的小伙子们看到没有加入的风罗，欣喜地吹起口哨，"Ciao Bella，Ciao Bella（嗨，美女）"，漂亮姑娘的口号不绝于耳。

穿着美丽婚纱的新娘华伦蒂娜端着几个杯子走了过来，她有着长而直的金发，身材苗条气质优雅，说一口流利的英语，"欢迎在这么特别的日子来我们酒庄做客。侯爵酒庄¹是传统的巴罗洛家族酒庄，我是Aboona家族的第六代。我们虽然没有闹洞房的习俗，但是在婚宴上是必然要大吃大喝大玩的，所以请和我们把盏尽欢吧。"

风罗看到红宝石般清淡的葡萄酒，眼睛立刻放着光，"侯爵酒庄是这个地区巴罗洛的代表酒庄，专门生产具有传统浓郁强劲

---

1. 巴罗洛侯爵酒庄（Marchesi di Barolo）：位于意大利皮埃蒙特产区巴罗洛镇的名庄，由巴罗洛侯爵夫人创立于十九世纪中叶，如今为Aboona家族拥有。

风格的酒。"

"这里有我出生年份的酒，你可以准确找到它吗？"华伦蒂娜出了一个难题。可是对风罗来说，不过是信手拈来的事情，她看了酒的颜色，每只杯子品尝了一口，自信地指着最右边的杯子说，"虽然纳比奥罗这个品种颜色清淡，但是年份酒的颜色边缘会带着砖红色，而不是左手这几个带着紫色光晕的红宝石色，这表示是非常新的年份。另外右手这支酒的单宁来自陈年之后，丝绸般柔顺，并没有像其他的酒，在口中紧实得化不开。"

大家都认真听着她的解释，不断地点头，华伦蒂娜高兴地说，"你说的全对了！"小伙子们发出了欢呼声，更有几个顽皮的冲过来一下把风罗扛在肩头，就要带走。

风罗没来得及反抗，手中还拿着酒杯，就已经高高坐到了众人之上。王之谦微笑地看着她，边喝酒边看着他们胡闹。

每个小伙子交杯换盏都要与她喝一杯，热情的地中海酒风也是与中国最接近的。喝过一圈之后，每个人都争着要与风罗跳舞。风罗一时应接不暇，被抱着在舞池里飞转。刚停下又有人敬酒。王之谦终于按捺不住，喝下一杯酒，说，"先生们，能把我的女朋友还给我吗？我也想与她跳上一曲。"没想到小伙子们就在等他出马，马上又将她扛到肩头，说，"要想我们放下可以，但是你要跳到泳池里去。"

王之谦有些尴尬，"先生们这样不好吧。"可是大家并没有要放过他们的意思，"那我们就把她扔过泳池了！"有人作势要扔她，坐在肩膀上的风罗吓了一跳，半杯酒都倾洒出去。

"好，好，我跳，我跳。"王之谦赶忙拦住。他索性喝了一大口酒，把外套扔在一边地上，松了衬衫的扣子，又想起裤子里还有手机钞票和各种电子用品，干脆一不做二不休解开了腰带。众人们吹着口哨鼓掌，"看来你的爱人很爱你哟，愿意为你做任何事情。"

风罗看得脸庞火热，她还没有见过他裸露身体的样子，这是第一次，没想到会是在众人之前。王之谦在吵闹的音乐和众人的欢呼声中，把衬衫也脱了下来，经常运动的精瘦身体可以看得出结实肌肉的形状。王之谦好像刻意拉长宽衣的时间，变成了婚礼中的助兴节目，来自女性的欢呼声逐渐高涨，尤其当他裤子掉落的一瞬，大家的情绪达到最高，里面并不是紧身内裤而是一条四角短裤。即使这样，他美好的身材仿佛是巨大的磁铁，本来已经散落各处的女性呼朋引伴地奔向泳池。王之谦以完美的姿势入水，水花都不见，人们愣了一下才响起更巨大的口哨声。风罗被众人放下，伏在池边看着水中的他，希腊神话中的那耳喀索斯，看到水中倒影的男子应该就是俊美如他。王之谦像是一条梭鱼，只是摆了摆腰腿，双臂一划，就顺着池底潜泳到风罗面前。从水中出来，头发飘荡在水上，面容晶莹地从水中浮出，深深地看着她，直看到她心里去。

她低低呼了声"王之谦"。嘴唇就猛然被他堵住，他的手臂从水中伸出，带着水花圈住她的脖颈，热润的嘴唇贴上了她，积蓄了良久的吸引力与能量在此时此地完全爆发出来。传说水底的海妖会在岸上寻找猎物，这一刻她就是他的猎物了。

他们终于找到了感情释放的通道，不是用语言，不是用眼神，而是动作。就是持续不断的亲密动作，每一寸肌肤，每一根毛发，每一度体温的迷恋和感受。他们不停地接吻，在古老的城堡的白色砖墙下，在花园的蔷薇门下，在马克颜色绚丽的袜子旁。他们的嘴唇除了贴在酒杯上饮酒之外，就是贴在对方的身体上。没有言语，有的是忍耐了很久的情感爆发。

他们离开酒庄的时候，狂欢还在继续，这样的婚礼会持续到第二天早上。马克颜色绚丽的袜子依然摆在大门口显眼的位置，宣告着派对还在进行，每个来往的车辆行人都觉得古怪，但没有移动它们，反而小心翼翼地绕行。他们带着醉意，还有强烈的热情回到村里，亲密的事情一旦发生，就像是失控的火车一头向前，无法停下来，就连跟华伦蒂娜告别的时候，他们的身体都不想离开对方片刻。"能够在意大利留下爱情的回忆是最浪漫的，以后无论什么时候想起都会觉得幸福。"他们的行为在狂欢婚礼上并不觉得古怪，只能说是被弥漫着爱情的空气控制了。

的确这是一段神奇的旅程，即使过了许多年王之谦也难以忘记，这是与自然最亲近的一次。无论烈日还是雨天爬山，在泥土中打滚，采摘果实和蘑菇，为野山羊挤奶，夜夜把酒言欢。当他再一次坐在写字楼大厦里开始工作时，他无法不想念那里的生活，虽然只住了几天，但无法忘掉他和风罗之间磁铁一样的吸引力，还有那些醉人味道，迷人的橄榄油、大蒜、生姜、肉、海鲜和藏红花，殷勤的村里人提来的薄切辣味香肠和香草猪肩肉以及布丁的香气。

回到酒店，他们还陶醉在狂欢之中，在月色下跳舞，亲吻，不肯让嘴唇离开对方半秒。"我有个秘密要告诉你，"风罗终于累了，跌坐在庭院里的秋千上，对王之谦说，"我是逃婚出来的。我有记忆的时候就认识他了，我爱他，以为会和他在一起一辈子。可他对我太好了，好得让我觉得没有看过外面的世界是有缺憾的。我知道我会后悔，我每天都在后悔没有在他的保护下生活。可是我更想按照自己的心意自由地生活，所以我离开了家庭离开了父亲也离开了他。"

王之谦一阵酸意涌上，她的故事他是知道的，并没有为此吃惊。但他吻了她，她却说爱另外的男人，那自己又算什么。虽然想发作，可看到她那单纯的没有忧虑的样子，又心疼起来。也许这就是她爱做苦工的原因，用身体上的折磨去抚平心理上对逃离家庭的愧疚。

他拥着她就好像拥着一个孩子，想给予她温暖。"那些不开心的事情就留在我们相识前的时间里好吗？我会让你看到最美的世界，完成你的梦想。"王之谦对她说。

Chapter 21

坦　白

　　"看我找到了什么，今天我来做晚餐。"何连忽然出现在米妮的房间门口，怀里抱着一大束绿色的莲花。

　　"这么多花，是哪个女孩子这么有福气？"米妮有些带着醋意地问。

　　"这是我们的晚餐朝鲜蓟。这可不是来自朝鲜的花，它的原产地是意大利的阿尔巴地区。我路过农贸店，看到这么新鲜特地为你买来的。"

　　喜欢在家做菜的人大多有几种。有些喜欢用厨艺取胜，动不动拿出苏弗雷这种需要长时间运用鸡蛋奶油糖的技巧加上烤箱磨合的甜点；也有做出一道艳惊四座的泡菜汤后，才说泡菜和配料都是从韩国空运而来的；最后一种就是何连这样单纯靠食材达到惊艳的效果。

　　朝鲜蓟本身的样子就算是惊艳的了，成人两个拳头那么大的绿色莲花花苞形状，远看像是案前供品，而非食材。拿在手里沉甸甸的，绿色的拇指大小的花瓣却是象仙人掌般坚硬不可食用的。最通常的做法是将所有花瓣强行剥落，切去花茎、花头和花蕾，最后只剩下花蕾中间最柔软的部分，巨大的一朵花被蹂躏得只剩下半只鸡蛋大小，然后用来做汤羹菜或者腌制起来。所以也难怪米妮不认识，她吃这蔬菜的时候早已不是它原来的模样。

何连把朝鲜蓟整棵清洗干净后，切去一小部分花头，露出里面紫色的花蕾，再切去花茎使其可以直立放入盘内。每只朝鲜蓟淋上半只新鲜柠檬的汁液，连同柠檬一起放进微波炉里蒸至花瓣柔软呈深绿色。伴盘的是一大匙松露酱，黑色珍珠般的松露粒点缀其中。

整个过程非常简单，米妮看着他忙碌得一头大汗的模样，在旁边开了瓶桃红香槟，边喝边等。

熟了的朝鲜蓟摆盘十分漂亮，吃的方法也很特别，直接拔取花瓣，把花瓣蘸着牛油汁食用。可食用的部分不是整个花瓣，只是花瓣下面与花心连接的指甲大小的部分。青草的香气伴随着一点花香。待到所有花瓣剥食完毕，大块白色厚实的花房留在最后食用。

米妮陶醉在带有坚果般口感微甜的味道中，"它的滋味好美，我的嘴巴都留着青草香，好像喝到一道好茶一样，嘴里像有甘泉一般滋润着。"

"好的食材与好酒好茶是一样的，滋味可以在口中停留很久，而且口中依然干净清甜。"何连看着她大口喝酒大口吃着东西的模样，终于放下心来。这些天，听剧组说她为了拍戏，几乎颗粒未进。

　　再美的假期也有结束的时候，王之谦回国工作，风罗听从王之谦的建议在波尔多大学葡萄酒学院进行短期培训。

　　能够来到这里是幸运的，尤其是在栀子花开的季节，温暖的天气，强烈的阳光，随时可以看到狗在树荫下吐着舌头。天空仿佛用最纯净的油彩调出无休止的蓝色，偶然会碰到几片小小的白云，像是迷失方向的绵羊，路旁巨大的松树让色调中多了点绿影。坐在泳池旁，看着蜜蜂在旁边的薰衣草田里采蜜，手边是昨晚面包房阿嬷送的牛角面包。偶然地住进了这个村落的一家小小酒店，却发现这里比任何地方都更像家。

　　风罗写信给王之谦，很少提到自己的心情，没有女生的思念热情。她平淡地描写波尔多的一草一木，让他感同身受，字里行间却又充满着期冀和等待。

早晨想坐车去城里参观，可是出租车要一个小时以后才有空（我猜这个镇子上也只有一辆出租车）。尝试坐公交到一个陌生的地点，比我想象的简单很多。崭新的公交车上只有我一个乘客，我原本想付钱，那个留着金色鬓角的年轻男子，拿开脸上的墨镜新奇地看着我。阳光下我可以看到他脸上微微的茸毛，像是给整个脸庞镀了层金。他摆摆手，指指座位，简单直接地命令我坐下，带我去了要去的地方，没收任何费用。

波尔多古城有数百年的历史，巨大的大理石地面和被切割整齐的石头房子。我的手指抚摸着凹凸不平的建筑物表面，想要感受历史与时间的体温。那蒸腾的令汗毛竖立的热力从指尖一直传到内心深处。曾经这里有过战乱，有过权力的争夺，有对神的崇敬和对钱的贪婪，现在伫立在这里的是安静、空荡和我一个人。

有时在想，有没有可能会爱上一座城一个地方呢？午后石头地上蒸腾的雾气是他的呼吸，路两旁开满的白色栀子花是他的笑容，夜晚睡前，"沙沙"的松涛声是他的喃喃低语，潜入小溪中甚至可以感受到他的拥抱。

风罗并不是唯一感受到这种玄妙的感情的人。
王之谦的回信只有几行字：

生活当中，如果看不到对方的时候，还能感受到对方的情绪，是起是伏，那么那个人对你而言，一定是特别的，情感是非同一般的。

　　王之谦没有办法抵抗字里行间无比眷恋却没有说出的对他的召唤，他放下手中的工作，准备行囊前往波尔多。曾经繁复的工作是他给他自己的，因为怕那些填补不满的白天黑夜、空间和时间。现在有了风罗，他宁愿把工作指派给别人，把时间都留给他们两个。

　　在去波尔多之前，在难以抑制的去意和思念之中，王之谦去了一个地方。

　　那是一所简单的房子，简单到只有一间客厅、一间书房和楼上的卧室。所有的物件都在触手可及的距离。老人看上去保养得宜，恰到好处的衣着和温柔的面容根本猜不出年龄。他正在书房看书，专注的样子好像没有别人，手中夹着一支雪茄，在烟雾缭绕中静静地坐着。

　　"来，坐下吧。"他微笑。

　　"请问你是用茶还是咖啡？"清爽干净的阿姨问。

　　"我们还是喝一点酒吧。"老人让阿姨端来了两只高脚杯，然后缓缓注入了红酒，搭配红酒的不是乳酪或外国菜，而是几件精致的卤水——鹅掌翼和豆腐。

他拿起杯子，这是一种拥有红宝石光泽和紫色魅影的酒。

"已经开瓶一段时间可以喝了，"他的眼神带着期待，"告诉我，是什么样的味道？"

"红樱桃紫罗兰的味道，成熟的松露和皮草香气，"他轻轻说，"柔顺的单宁，好像丝拂过口腔。"

"你是我见过能把喝酒这件事形容得这么好听的第二个人，"老人饶有兴趣地看着他说，"连口吻都很像呢。"

老人继续说："这是来自勒桦酒庄¹的特级田1999年份，我觉得搭配卤水很协调。你们在勃艮第有没有喝过？"

王之谦脸红了，他本来是来坦白的，可老人仿佛什么都知道了一般，显出洞察一切的表情。"老师，有件事情，我瞒你有段时间了。"

"哦，说来听听。"

王之谦从头至尾把他与风罗相遇的经历，包括一时兴起买了太多酒而准备修建酒窖，还有特地去勃艮第见她讲述了一遍。老人边喝着酒边听着。王之谦越讲越是脸红尴尬，感觉自己像是那个让她逃婚的罪魁祸首。

---

1. 勒桦酒庄（Domaine Leroy）：由备受尊敬的'铁娘子'拉露·勒桦创立于1988年。拉露·勒桦曾是罗曼尼康帝酒庄的酿造师之一，至今活跃在葡萄酒生产的第一线。勒桦酒庄作为最高品质的勃艮第葡萄酒庄，拥有二十多公顷土地、九块特级园，坚持生物酿造法，是勃艮第产区的骄傲和珍宝。

这个故事本身没有什么复杂，也许在旁人眼里都是浪漫的邂逅，一个英俊的男子与一个女子的相爱，他所隐瞒的终于有机会坦陈，才得松一口气。

　　"她是我唯一的女儿，你是知道的。"老人双目炯炯看着他，眼神极具穿透力，"她选择和从小认识的人结婚，因为她需要稳定和安全。可是就在不久之前她写了封长信给我，说在法国遇见了一个人，她要一直待在国外，为他做事，还要求解除婚约。当我看到你发来的那些照片，我才知道她有多快乐。在我面前，她沉默安静守规矩，但是从来不提自己，只是在遇到你之后她才肯对我敞开心扉。她说你们要一起去意大利的时候，我想也许派你去找寻她，是我做的一件好事。"

　　原来老人早已就知道了，"你知道吗？爱一个人的时候，就连语气用词都会莫名其妙地相像。谈论的事情、兴趣爱好都会变成一样。"老人狡猾地笑了，他没有说破是出于对两人的爱护和对王之谦的信赖。他穷极一生，甚至用孩子来补偿自己独活世上的遗憾，如今能够看到孩子走出她的阴影，找到属于自己的快乐，老人终于心安了一些。

　　可对于给风罗买一个酒庄，老人却颇不赞同。这么多年来，他们两人经手的固定资产难以计算。一个酒庄的价值在这其中不过是九牛一毛，他却不以为然。"之谦，你要明白的是，每个人在这个世界上都有自己固定的角色和位置，就好像是一个战场，有人是将军，有人是战士，还有人是剑客。风罗有她的品质，敏感好学坚强。征战沙场的时候，你是将军，运筹帷幄，把合适的人放在适合的位置上是你的长处。可把风罗放在酒庄主的位置上，却是你的感情用事了。"老人看着他，好像又回到了曾经为他做咨询的角色。

"风罗拥有一技之长，又肯做最基本的辛苦工作。可她过于脆弱单纯，又没有经过太多与人打交道的锻炼。作为庄主，大量的管理沟通用人的工作会消耗掉她的精魂。让她做一个战士，或者把她训练成剑客，比做将军更适合她。"

走出老人家门，他看着门前成排的松柏高耸入云，很多年前他第一次来这里的时候，这些树就已成荫。其实那时，他没有像今天一样向上看去，否则他就会看到树权上的十年前的风罗，穿着早已磨破的裤子俯视着他。王之谦有些激动，能够获得老人的首肯毕竟是让人振奋的事情，原本以为必须承受恩人的暴怒，没想到却获得最诚恳的祝福。

"我想跟她求婚，"王之谦有些紧张地看着亮亮，"我该怎么做？"

"你想清楚了吗？"

"是的，我从来没有想过求婚会有什么复杂，不过是买一枚戒指的事情。可是……她会答应吗？送她一个酒庄会让她答应吗？"亮亮脸上的笑意漾开，好像在看一个有趣的事情。每个人都有手足无措的时候，然而让王之谦寻求帮助的事情并不太多。

飞机抵达法国，他们第一站去了巴黎最有名的奢侈品购物中心，汇集了世界上最有名的品牌，无数限量版的名品也只在这里出售。从世界上仅有一件的十五克拉黄钻石项链，到Vera Wang最新季的婚纱，红宝石制作的动物钻表。这些稀世珍品单单一件就可以绚烂夺目得让人驻足良久细细欣赏，然而在寸土寸金的商场里它们几乎是鳞次栉比密密麻麻地排列在一起，热闹得几乎失去格调。

可踏入了钻石店，刚才的喧闹一下都消失了，变成梦幻世界，有舒适的坐椅，还有一整面墙的蓝色鱼缸，无数各种色彩的鱼在里面游来游去，摇晃得人心好像手中香槟，气泡蒸腾地向上飘，一直飘到粉红色的天花板上去——在这里，哪怕是不相爱的两个人也会爱上彼此的吧。

款式也多得吓人，从沉重得要把手指拗断的巨型钻石，到精心切割的古典玫瑰钻，各种颜色宝石镶嵌的繁复立体雕塑戒，又或者是复古优雅的"圣三一钻戒"。亮亮拿起一枚小钻，精湛的切割，耀目的光芒，精灵般美丽。"她的手指太细，并不适合大型骨牌般的戒指。戒指过小又看不出切割。一克拉怎么样？"王之谦清楚地记得那双细长的手，不大，蜷起来就好像一只安静的鸟。

"你确定吗？"王之谦看着那似乎很小粒的钻石有点犹豫，相比旁边小灯泡般的戒指，它太不起眼了些。

"若是别人必然会选择巨大的戒指。大家都希望抬起手会照亮别人的眼睛。"

"然而对风罗来说，她的才能已经如同钻石般让人炫目了，我们不希望天空中有两个太阳吧。"亮亮站在那里想象着王之谦下跪的样子，"她会希望能够天天戴着它的，相信我，若你承诺她一生，她会答应你。从此她的每一次呼吸都是你的原因。"

王之谦手中还攥着那枚戒指，他越发喜欢它了。哪怕是细小的轻微的，却因为属于风罗而丝丝点点地纠缠弥漫在他心上。感觉那粒钻石如同小鸟幼弱的喙轻轻啄着他的手——好像琢磨着他的心。

"也许我不该说，"亮亮似乎很犹豫，可又不得不说的模样，"米妮的事她知道吗？"

"她并不知道，谁没有几段历史 我觉得她会理解的。难道你已经告诉她了？"王之谦的拳头忽然握紧。

"不，我当然不会告诉她。可你在求婚之前，应该让她知道你们还没有办理正式离婚手续。"当初结婚时候为了避开媒体，他和米妮选择在法国低调登记。可离婚程序比想象的复杂很多，两人需要分居一年以上才可申请离婚。此刻一年刚满，两人被获准去律师所签署正式申请。

王之谦怕的不是这繁复的法律程序，而是再次碰上米妮，所以手续文件被他束之高阁，一拖再拖，"好的，我知道了，我会尽快约米妮去律师所签字的，我会让风罗满意的。"

求婚的地点他左思右想还是决定在法国的波尔多，倒不是因为那里浪漫。他直觉的商业思维看中了未来葡萄酒行业的持续性发展。

随着葡萄酒成为法国经济的支柱，葡萄酒产区也成为了旅游的热门地点。为了大力发展这一支柱产业，法国政府近些年投入了大量的人力物力发展波尔多的旅游行业，扩张服务业的建设和机场的改造。现在从北京到巴黎的航班与到波尔多的转乘航班是同样价格。用不了三年波尔多就会出现前往中国的直飞航线，波尔多也将成为继巴黎之后法国的第二大旅游城市。在这样迅速发展的城市规划中，波尔多酒庄也必然蓬勃发展，迄今为止近七千家酒庄中，中国人拥有的酒庄已有几十家，未来的发展也必然超过百家。

王之谦已经在计划未来为风罗在波尔多购买一家酒庄，由她来管理酿造，成为他们未来退休居住的地方。当然首先第一步，是让她走进这个社交群，成为中国人在波尔多的领军人物。

不过在这之前，他还是给米妮打了一个电话，这也是米妮离开后他们第一次通话。

"一年多了。"王之谦狠狠地吸了口气，像是强忍下无数的哀愁怒火。他要拼命抑制自己想要伸手从话筒中把米妮揪出来的念头，问问她是怎么做到离开的，是怎么做到不带任何物品就离开的。她的项链散乱落在桌前，衣服整齐挂在衣柜里，她的照片和报道还在家里的每个角落，仿佛都在嘲笑他的失败。直到有一天晚上他再也无法忍受这样的屈辱，将它们全部打包狠狠摔进垃圾堆里。

米妮那边稍微停滞了一下，回答说，"好的，这个月我都在波尔多拍戏。你过来的时候，我们随时去律师所。"

鱼是否有眼泪呢？如果有眼泪是否跟她此刻一样都融化在水里。挂掉电话之后，米妮疯了一般跳入酒店的泳池，一边游泳一边感受身体所有液体从眼里流出。她一直没有流泪，一个人生活都没有让她流泪。离开他的时候，她的感情就已经被掏空了，什么都没有了，三年的婚姻换来的不是彼此激情的生活，而是更多的平淡和冷漠，和被工作占据的分离。

疼痛忽然占据了她的神经，和心痛一栏直蹿她的后脑。

"啊！"她叫出声来，一大口水涌入喉咙气管，狠狠呛了口水。疼痛和呛水让身体无法弯曲，并命中出去的手怎么也够不着抽筋的小腿。本在泳池旁欣赏她人鱼般曼妙身姿的何连发现米妮在水中挣扎，几乎是她发出叫声的同时，他就跳入水中。把她拉上岸的时候，她还在因为抽筋和疼痛而不断发抖。"放松，放松。"何连按住她的小腿和脚掌，放松肌肉使痉挛缓和直至消失，他还在温柔地按摩她发抖的身体。"太痛了，我忍不住了。"米妮刚说了几个字，豆大的泪珠就从眼眶滑落。她没有再说什么，何连却像是懂得些什么似的轻轻按住她的手。

　　"虽然我不是给你戴上戒指的人，但是我愿意做为你脱下戒指的人。"他抬起米妮的手，把那枚婚戒取下，头也没转地把它扔入泳池，"希望这能带给你解脱。"他低头吻那只手，那根手指，那根许了至死不渝的手指。

Chapter 22
缠　绵

　　米妮非常荣幸与居住在法国的两千万人一起看葡萄树生长落花腐败，作为一个异国的女子，感受着异国的情调。近十年来她经历过的享受和艰苦夸张到难以列数清楚。值得庆幸的是，自从认识了王之谦这个天生味觉敏感的人，不少美妙回忆都开始与吃有关——从"高级上流的"海鲜盛宴（三层银质托盘上放满了品质上乘的龙虾、生蚝和虾蟹），到女士们的香槟派对（身着拖地鱼尾裙，在看尽吉隆河的私人露台上饮到微醺）。如今她更享受不那么正式的场合，在街边拿着一点当地下酒小吃看着穿粉红色渔网袜的短裙男子走过，没有人认出她是谁，只道她是来自东方的异乡人。

　　连续几天在波尔多大学总部的试酒室里拍戏，从日落拍到日出，米妮终于在波尔多马拉松赛那天得以休息，何连也赶来与她度周末。与很多地区不同的是，法国人会将任何的活动机会发展成一次狂欢派对，盛装出席的人们与不断流淌的酒水食物可以将赛事的庆祝持续到第二天清晨。这项每年举行的赛事虽然不像奥运会般正式，却是有着数千普通民众共同参与的竞赛。参赛的运动员要在蜿蜒曲折高低起伏的酒田道路上完成马拉松赛，每个休息站除了传统赛事会提供的水和食物还有无限畅饮的葡萄酒。数百家酒庄参与了这项活动，与其说这是一项运动赛事，倒不如说是一场饮酒赛事。每个休息站提供的葡萄酒都不同，来自不同的酒庄，不同的葡萄品种，从价格便宜的廉价酒到昂贵稀少的名庄酒都有。难得有人会路过休息站不停下脚步，来一片现切的十四个月陈年火腿，尝一口美酒，没多久运动员们都享受起美酒和美食，拿着酒杯在赛道上摇摇晃晃了。

米妮虽然不是运动员却有着无限的激情和精力，跟随着大批人马走遍了整条线路。清晨从公园出发，沿着蜿蜒的吉隆河，直通到葡萄园中的教堂。他们早晨六点就开始步行，到了下午已经累得小腿抽筋，头晕眼花。为了偷懒还躲进了河边的皇家糕饼店，那里早已挤满了观赛的群众。这是个满溢着二十世纪初装饰主义时代古典风情，由各色甜点、巧克力、糖果、奶油蛋卷和辫子面包组成的童话世界。人们虽然看着窗口不断跑过去的选手频频向他们招手助威，但室内并不喧哗，银质茶匙触碰白瓷杯子的声音是店里最大的声响了。

参赛者们有各种花样，有人抢镜似的穿着大型绒毛动物服装，或是扮作动画里的角色；热狗店家则穿着厚实的热狗状衣物，仅仅露出脸部在奔跑；慈善机构的参赛者举着标语和捐款箱行进；更有支持同性婚姻合法化的男子，穿着羽毛短裙和细高跟鞋在大家的鼓掌欢呼中奔跑。围观的群众也有别的乐子，米妮不断看到有人在路边烧烤制作牛排，穿着短裙的学校拉拉队女孩们唱着歌，与大众一起不断起舞欢腾。这一天成了破除清规戒律的狂欢节，到处都有拿着比萨举着酒瓶的人。但别想借着酒劲做出任何不轨事情来。只要看过法式橄榄球就会知道，那些健壮的警察会迅如闪电地从远处奔来，数秒内制服歹徒，甚至将其举起扔至地上再让他尝一下被几个彪形大汉叠罗汉的滋味。

比赛结束后，他们在波尔多一家装修现代的餐馆吃了简单又精细的泰国菜。据说那时尚未被流放的泰国总理和女儿时常前来这里用餐。饭后在挂满粉红色灯饰的小店里乱窜，有各色男女在街边等待客人。那些特色小店里可以找到任何与性有关的物品出售，诸如与性相关的蛋糕食物振动器、人与动物的动作片到SM女王皮鞭和皮质面具。琳琅满目的货品一直堆到高高的天花板上，他们仿佛走进了哈利·波特的世界，小心翼翼不敢触碰任何物件，生怕有一只精灵会从中飞出。穿着深V衬衫、露着胸毛、戴着粉红色耳钉的老板视米妮如透明，直直穿过她扑向何连，嘤咛一声问道："请问你需要些什么？"何连如临大敌般紧紧拥着米妮像是怕要丢失的物品。米妮被他按在胸前几乎喘不过气来，随着他一路爆笑着狂奔，最后停在了小酒馆旁边。

"我的肋骨快要被你勒裂了。"她大口喘着粗气说。

"分明是你钻到我怀里，我才不好意思抱住的。"何连还想辩解，可看到路边不停有穿着紧身裤子和亮色衬衫的男子抛来的媚眼，又把她当武器般紧紧抓住。"你是我的，我要让他们都知道。"他心里暗暗想。

街边酒馆里挤满了醉得迷离的人们。吧台的酒保比许多五星级的侍酒师更让人舒服。当米妮拿着酒单靠在吧台上犹豫喝什么的时候，酒保拨开挤在吧台的人群，摆上三个杯子，每杯倒上一点不同的酒供她选择。这也是居住在葡萄酒生产国的优待，怕米妮只喝酒太过寂寞，又在装着碎冰的小碗中放入了三只草莓。鲜美多汁的草莓搭配粉红的葡萄酒令人陶醉，沿路饮酒一天的米妮在那里盘桓许久，醺然欲醉了。

何连本来在露天的座位等待，看她左右不来，加上周围人们共度夜晚的邀约着实热情，不得不大踏步走向吧台，正好看到米妮把酒杯里的酒干掉。

"喝这么多，小心肝。"他拥着她，拿起酒单，"这里最贵的酒是什么，我要那瓶。"

米妮朝他笑着，刚想说酒精不伤肝，却发现他不停地叫着"小心肝，小心肝"。

何连着迷于她身上的味道以及变化。"我吻了你，你就是我的，我抱着你，你就有了我的味道。"他满意这样的变化，她的头发、颈窝还有唇角，不仅仅是单纯的女性味道，更多了些古龙水的味道，是他的爱情赋予她的，还有这片土地的味道——已经磨得光滑无比的上百年大理石地面，有着艳红色嘴唇妖媚异常的金发，古老哥特式石雕小兽的屋顶还有那欲雨的黑夜。在波尔多，人们早已习惯了多雾多雨的天气，并不躲避雨雾，反而涌出来享受清凉。饮醉了，就在街边随着公放音乐跳舞，微雨的波尔多的夜湿漉漉的，好像是情人索吻的嘴唇。

回到酒店，米妮的房间已经堆满了一众仰慕者送的红玫瑰，何连体贴地在其中挪出舒适的位置，让米妮坐下来。

"别伤了玫瑰，它们多好看啊。"微醺的米妮格格地笑着。

"别吵别吵，我用按摩跟你换，比起玫瑰你更需要这个。"他两只手掐住她肩膀两侧前后转圈，只听得里面"咯吱咯吱"一阵怪响，"这是该上油了吧，都生锈了。"米妮羞怯，她比他大许多岁，肌肉自然不是二十岁的状态。这是他们年龄的差别啊。待米妮觉得双肩轻松，他的手又错落有致地捏在她背部的筋骨缝隙，一阵酸痛与舒适同时袭来，最后落在她最常低头使用的颈部肌肉。虽然那里肌肉劳损，但敏感神经还在，米妮立刻感觉周身酸软，从身体内部散发出渴望。

"你喝多了吗，怎么满脸通红？"还好何连察觉到她的不适停了手，"你躺下歇会我去拿热毛巾。"何连让她在沙发躺下，找了件外套盖上还穿着低胸长裙的她，才去忙自己的。等到那温暖的毛巾敷在米妮脸上的时候，她以为自己已睡了千年了。

"每天都要穿这么高跟的鞋子站着太辛苦了。"何连坐在她脚边，给她按摩着小腿还有双脚，米妮在毛巾下的脸涨得更红，她的脚何时也如此敏感，被他一碰竟令她想拱腰大叫。还好何连并没有发现她的异样，"毛巾凉了吧，我给你换一条。"

他热了毛巾回来，轻轻擦干她脸上脖子上的汗珠，像是照顾病人或是孩子。米妮很有安全感地一动不动，任凭他放下毛巾，按摩着她的肩膀颈部，直到她又被那双在颈部的手撩拨得浑身燥热，才轻声说"不要按了"。

何连微笑，本来正襟危坐的身体忽然欺上，"不按了，那用舔的好了。"他的舌头准确无误地找到刚才令她浑身燥热的那寸皮肤，顿时米妮被热气湿润包裹，只能紧缩身体却说不出话来。"接下来的是我最擅长的按摩。"何连满意地把还在挣扎的双手拗到她的脑后，连同头发一起抓在一只手里，一只手打开外套，轻舔起她另外一边的脖子。米妮头发被抓痛，可同时又舒服异常。何连似乎并没有恶意，而是中意游戏这个曾经在年少时不屑于他的青涩的女人。吻过了脖子、锁骨、脸颊、耳朵，米妮的腿已经盘在了他的腰上。她的手依然被紧紧固定，头发被他紧紧抓在手里，紧得头不能扭转分毫。他并没有着急吻她的嘴唇，只是缓慢地靠近一点再靠近一点，直到额头鼻尖脸颊都触碰到一起，却依然没有亲吻。最后两人腰间紧紧贴合，他才开始吻她的唇，像蝴蝶般轻柔，愈演愈烈，直至疯狂的米妮想要从她那件外套中挣脱出来。

从始至终，何连都没有脱下她的外套，他只是不断地亲吻她衣裙外面的肌肤，直到她裙裾里的部分全部湿透。"不要着急这一刻，都等了这么多年了。下次需要按摩，记得找我。"这么多年，他在等她主动要他，现在他还在等。

Chapter 23
晚　宴

　　第二天，不必赶去拍戏，何连做了火腿三明治和橙汁端到米妮的床上。他又吻了她睡衣外面的肌肤，甚至每根手指和发梢，却没有褪下一件衣服解开一个扣子。她才明白自己错过了多么好的调情高手。她知有一天她会要他，但不是现在，在两人赤裸相对之前，她要看他还有多大的本领。

　　王之谦来到波尔多第一件事情就是让亮亮为风罗置装。

　　"一定要穿礼服吗？"风罗有些别扭地站在房间中央，旁边是亮亮为她拿来的衣裙。"裙摆太长，我会绊倒的。"

　　尽管王之谦说喜欢她原本真实的样子，但只要一有机会就从头管到脚，没有例外。如果不是有亮亮在一旁安抚，她实在想回到从前穿着破牛仔裤跑天下的日子了。

　　"不化妆，不烫头发，你还是你。我们只是挑件好看的裙子而已。"多年来亮亮早已处变不惊，公关能力一流。

风罗很清楚王之谦的想法，这次在木桐罗斯柴尔德酒庄[1]新建的酒窖里举行的晚宴是全世界共襄盛举的活动，与酒相关的名流名媛都会出现在这里。郑重华丽的场合，人人都会正装出席，她也不能因为自己舒服轻松而让人觉得随便。可王之谦和亮亮都没有告诉她，令他们格外紧张的原因是，米妮作为特邀嘉宾也会出席这场晚宴。

即使价格再昂贵，那些华丽衣裙也不是适合所有人的。"我不要穿！"她看着那些蕾丝缎带印花坚决拒绝，她从行李箱里抽出一条黑裙，那是一件绷带装，纯色简单，膝盖长度。"这样的裙子，才是适合我的，简单的剪裁，连拉链都没有，不会压皱，紧得连走光都不可能。"亮亮看出那是一个昂贵的品牌，也是名流女性的最爱，由于紧绷的剪裁，身材好的女生穿起来玲珑有致，令人鼻血狂喷。

"你居然有裙子！"他吃惊，这个女人究竟还需要多久才能被了解清楚。

"不仅有裙子，还有名牌高跟鞋！"

风罗仍然无法忘记那场比赛，张敬之的出场就气势逼人，穿着上没有过分装饰但分寸感极强，有让人不得不去认真对待的自

1. 木桐罗斯柴尔德酒庄（Château Mouton Roth schild ）：简称木桐酒庄来自法国波尔多的著名酒庄，1855年波尔多列级酒庄评级时被定级为二级酒庄，但在其不断努力下最终成为继拉菲、拉图、玛歌、奥比昂后第五个一级酒庄。葡萄酒爱好者心中的圣地。

信。她缺乏的不是自信，而是对精致细节的长期关注，有时优雅又游刃有余的态度也需要一定包装。没有在乎过穿着的她，在勃艮第准备第一次与王之谦约会时狠心买下了这条适合自己的性感裙子。就当作是偶尔的变装派对吧，她对自己说。

亮亮找人为她化了清淡的妆，风罗没有什么首饰，亮亮搞来了一对钻石耳钉，头发被做成了一个蓬松的发髻，看上去优雅又年轻。

"今晚记住要慢慢走，那酒庄的新建筑用了古董地砖，滑得很，不滑的地方偏偏用的又是拼接木材，高跟鞋很容易插入木头的缝隙。除非王之谦单膝下跪，否则很难取出来。"亮亮想要暗示风罗，可她完全没有听到。

风罗看着镜中的自己，绷带裙紧绷的效果显得臀翘腰细，聚拢的胸部被抬得高高的，晚装的确有存在的意义，"偶尔扮成女人也不错。"她自嘲，这不仅是变装派对，对已穿惯牛仔裤的她来说，更像是变性装扮。

"你难道不知道吗？在我眼里，无论是穿成什么样子，你都是美女。第一次见到你，我就想，世间真的有古罗马神话里的狩猎女神狄安娜。你见过卢浮宫关于她的雕像没有？你跟她一模一样。不是弱不禁风的美，是端着弓背着箭翻云覆雨的美。"亮亮认真的一番话，听得风罗眼泪都笑了出来。无论是什么样的美，只要有人欣赏就好。"去吧，风罗，今晚会让所有人都臣服在你的裙下。"亮亮认真地说。

首先臣服的就是王之谦，当他看到身材惹火的黑裙女郎走来的时候，并没有意识到是他的风罗。他径直走了过去，却又发现那熟悉的如水的眼睛，带着一如既往的顽皮亮光。

"风罗，太让人吃惊了。你究竟掩藏了多少你的美丽。"他仿佛心被人掏走了一样，"看你，胳膊小麦色的，胸脯却是白色的，好像刚从海边度假回来却没有被晒均匀，可爱极了。"他拉起她的手，盯着她的眼睛，吻在她的手背上。

新建的木桐酒庄美轮美奂，像是建在月亮上的宫殿，他们走在铺设着古董雕花地砖的美酒博物馆里，每个伟大的艺术时代——雅典、罗马、文艺复兴、伊丽莎白女王、法国浪漫主义运动都有葡萄酒如影随形。如今在这个历史悠久的酒庄里，葡萄酒与人类文明被完好地保存着。这里有来自世界各国的与酒有关的古老物品，从腓尼基的红色陶罐到波斯帝国的绿色玛瑙玻璃杯，从中国青铜酒杯到镶满宝石的酒神巴库斯的皇冠。酒厂木桶上用的都是水晶制作的闪亮塞子，新的巨大橡木发酵罐还特别使用玻璃纤维制作出条形镶边。

"通过对橡木桶的改良，我们可以看到发酵罐里面的发酵过程，这是前所未有的革新。"风罗兴奋地看着那个发酵罐，像是看到了宝物。那些古董固然珍贵，但更难得的是看到最新科技应用在发酵学这门与人类文明伴生的古老技艺上。

"王之谦，你知道吗？我们在见证历史，这会是酒类发酵的新纪元。"

"太好了，那我希望我们可以共同被记录在史书里。"他紧紧拉着她的手，不肯放开。

几个月高级餐厅的训练，风罗每天晚上与各种名流打交道，熟悉他们的谈话方式聊天内容，甚至比他们自己更知道那些细节和习惯。俨然娴熟的社交技巧，加上那条火辣的裙子，令她如沐春风般周旋在这些陌生人之间。她谨记着亮亮嘱咐的话：

> 那些没有教养而穷奢极欲挥金如土的有钱女人们最好不要交往。她们很好认，抢眼而骄傲，化着浓妆，在酒会上也洒着浓重的香水，丝毫不考虑浓重的味道对他人品酒造成的影响。真正富有的人是瞧不起她们的，哪怕这次晚宴获得了邀请，下次也不会再出现。

王之谦则得意于这次精心准备给她带来的欢乐，"风罗，我没办法把你的美跟别人分享，以后你还是穿回牛仔装好不好。"他抓到机会就耳语，恨不能此刻就将她吞进肚里。

一位妆容华丽烈焰红唇的太太走了过来，穿着白色薄纱蕾丝衬衫配湖蓝丝绒吊带裙，简单朴素的颜色搭配华丽奢侈的面料，打扮得与众不同。

"你和王之谦是什么关系？他的女友可是很多哟……"

风罗有点茫然失措地看着她，却又看到她红着脸向王之谦介绍自己。

"我实在不好意思这么说，但是我想让你知道，我是你的粉丝。几次法国并购案着实让我佩服，听说最近四千万欧元购买欧洲最大的保险中介公司也是你的手笔。"

风罗心里想土豪也有让人佩服的地方。

"这么多年来，我跟随着你的案例学习资本运作。"

风罗这才知道王之谦原来是资本高手。

"请问你和影星米妮的绯闻是真的吗？她今天也会来呢。你们是一起来的吗？"这位女士不仅花痴还爱八卦，"我祝愿你和她早结良缘。"好吧，这下有点过了。风罗瞪着大大的眼睛望着他，才发现原来自己对他一无所知。

王之谦一点也没客气，"谢谢你的祝福。但你误会了，这才是我的女朋友。"他一把搂过风罗来。没有一丝迟疑。

那位太太看了风罗一眼，鼻子里发出一丝若有若无的不屑嗤笑，"就她？没听说过。"有点赏愤地拂袖而去。

王之谦没有介意，拉她坐下。刚坐定，小吃就已经上桌——春卷配新鲜秋葵，美酒也倒入杯中。波尔多葡萄酒联盟主席致辞完毕，酿酒师也介绍完毕，大家都准备享用晚餐，有人喊道，"主席，这春卷该用哪个叉子！"顿时满场哄堂大笑。

通常西餐进餐顺序是由外面的餐具开始向内使用，不同的餐具有不同的用途，譬如鱼刀鱼叉牛排刀各司其职，放在右手边的汤匙代表下一道是汤，正前方的餐具则是用于甜点等。可是出于厨师的创新和突破，应该搭配这道春卷的叉子被放在了最内部。

主席也大笑，不客气地说："用什么叉子呀，当然是用手抓着吃！"

旁边来自英国的珍妮说："哦，典型的法国人！"

珍妮这句话没想到竟成为了整场晚宴的总结。松露蒸鱼搭配的是陈年的1975年木桐酒庄，酒中的雪茄盒、森林以及蘑菇的气息，与松露的搭配相得益彰。鱼肉细致到能与三十多年陈年后的顺滑酒体一样流入喉中。下面更令人惊讶的是与猪腹肉搭配的竟是白葡萄酒。

主席笑着站起来说："怎么样？喜欢吗？还想着红酒配红肉，白酒配白肉？还想着先喝白葡萄酒再喝红葡萄酒的顺序吗？我们就是要颠覆在座各位的想法。"事实证明他的搭配并不突兀，大家品尝到佳肴和美酒，忍不住频频点头。

如果是交响乐那么必有一个章节会让人血液沸腾，如果是芭蕾那么必有一段群舞是绚烂夺目，如果是许多支酒，你最爱的那一支必定在灯火阑珊之处。当风罗喝到1975年的拉图酒庄[1]时，

---

1. 拉图酒庄（Château Latour）：法国波尔多1855年列级酒庄的一级酒庄，其出产的红酒一贯酒体强劲、厚实，并有丰满的黑加仑香味和细腻的黑樱桃香味。

心情舒畅，连宴会上打着肉毒杆菌的太太们的面色看起来都柔软了。尽管法国典型的六道晚餐使风罗坐到双脚麻木，以及不得不看着每个人带着规定角度的笑容进行没完没了毫无意义的交谈，心里仍舒服得像是开出了花。

"我想我们今晚喝的酒价值一定有几十万了，你们觉得呢？"某银行家那习惯性的兴奋开心表情让人以为这是他三十年秃顶生涯中最快乐的一晚。

"我们来做个游戏吧，既然王之谦专门带来了葡萄酒专家。"大家都看向风罗，她依然保持甜美的微笑，轻拂着秀发，仿佛酒并不是酒，而是女人们心上开出的花朵。

"不要玩游戏，我害怕游戏。"她连连摇头，好像是圣女贞德般地坚持拒绝这个陌生人的提议。

"试一下，好玩而已。"王之谦紧握着她的手，鼓励她。

风罗有些不情愿地想把手抽回，感觉自己像是他拿来炫耀的玩具。可来不及拒绝，已经有人把酒杯凑到了她的脸上。

"玩玩而已嘛。"法国有个谚语，每个人在喝完第一杯酒之前都是君子。数杯黄汤下肚，人人都已似梁上小丑了。

Chapter 24
久别重逢

"这款酒来自波尔多左岸的一级庄，非常优雅平衡，带着传统的酿造技巧、严肃的结构，只有拉图酒庄可以做到。"她勉为其难拿过杯子，接受大家的测验，以为猜中一杯酒就可以过关，没想到这才是个开始。

成长的过程总是充满质疑，当努力证明自己却换来更多戏弄和压制的时候，那些质疑就变成了严酷的考验。风罗站在众人面前，就算美若天仙，也难获一丝善意。此刻在座的各位不过想出尽怪招看她洋相。风罗只能小心翼翼、不卑不亢地说出看法。

夜深了，晚宴大厅的顶棚幕布拉开，一条深邃的银河和一望无际的星空展现出来，全部声光电影都使用最现代的科技，立体视觉效果使餐桌宛若漂浮在星河之中，引得众人发出被震撼的赞叹声。米妮也欣喜地看着这人工制作的视听盛宴，自从走入宴会厅，她不停在人群中穿梭，热情地与各种各样的人打招呼、拥抱、亲吻。她的表情庄重又丰富，跟随着不同的谈话内容表示赞同、大笑、拍拍肩背或者长时间地握手。在中国人、法国人、英国人、美国人中不断转换，带着与生俱来的公关天赋。

王之谦没有看到风罗脸上的不情愿，和在座的数百人一样，自从米妮出现，他的眼睛就没有办法离开了。看着在不远处落座的她，王之谦轻轻放开握着风罗的手，说了句"去去就来"，剩下风罗一人面对桌上的各种酒杯。

"米妮，刚才就看到你了，可是围着太多人。"他弯下腰对米妮耳语。他离她如此之近，以至于米妮可以清晰地看到他早晨刚刚刮过的胡茬，他的喉结随着说话上下地滚动。就是这嘴唇，曾经无数次亲吻她，也曾无数次冷漠地伤害她。

米妮身旁的何连站了起来，腰身凶猛地顶住他，"我知道你是谁，你是米妮的前夫。"

"小伙子，请注意你的措辞。"王之谦一边说话一边假装帮他整理领结，"你给我小心点。我可不是什么前夫，我到现在还是她合法丈夫。你要是以为能打她的主意，敢动她半根汗毛，你这漂亮皮囊可就不存在了。我会给你做上点记号，让你一辈子都带在身上！"

"够了！"米妮站起来喝止，光滑的绸缎裙子瀑布般散开，没有一丝褶皱。大家的视线猛地聚集过来，包括风罗。

"这杯酒，我不喝就知道是什么了。"风罗有些焦急地拿起杯子看看颜色，闻了闻就放下。

"哦?"众人都抬起头看她。有人"哧"的一声笑了,"吹牛也不至于到这样。"

"这杯红酒混了苏打水,我刚巧看到你把杯子拿到桌下,偷倒进去的,所以我不想喝了。"

"如果你真的厉害,那么就算加了苏打水,也应该能品尝出来才是!"被抓个正着的人满脸通红地争辩,"既然尝不出来就别吹牛。"

她放下杯子环顾四周寻找王之谦,他不见了。她却被摁在桌前盲品,大家都被酒精控制,对待她就像是动物园里的动物。有人在一旁偷偷将几种酒混合,有人在杯中加果汁,都等着来考她。她的能力和天赋在这群有钱人眼里竟成了拿来调戏的材料。

"这位先生,盲品不过是个游戏,不代表我的水平比任何人高。但只为了证明我的水平怎样,就喝下任何人给我的任何东西才是愚蠢吧。"大家都以为她会默默容忍,可她锋芒不减。

"你这么爱酒,肯定每天都要喝吧?是个醉鬼吧,你说你喝醉了,我们就饶过你。"有位银行家嘻嘻哈哈地打着圆场。

此刻每个人都成了评论家和心理学家,无论是谁只要跟酒精沾染上关系,就会作为心理学案例被评头论足一番。

"你喝酒是因为你的家庭有什么问题吧?你的童年发生过什么事情?迟早有一天王之谦需要帮你戒除酒瘾。"

风罗的眼皮发麻,感到非常不自在,她一阵发抖,"你在银行工作是不是因为爱钱，每天都要点几沓钞票才能睡着吧。"她的尖锐她的灵敏是她可爱的地方，更是她保护自己的武器。

"好吧好吧，小姑娘牙尖嘴利的。大家喝起来吧！这是我前几年买的酒庄刚出的新酒，大家尝尝。"这位著名的亚洲银行家，指着桌上镶着金银两色金属徽章的酒。"这酒限量出品，每年只有五千瓶，市场价上万元。非常难得，我专门拿来给大家品尝。"他举着瓶子吹捧着自己的酒。"我们让专家点评一下吧。她既然来了，就不能白来。"

风罗微笑，"真的要让我点评？"她的微笑有些僵硬，勉强喝了一口杯中的酒，再放回原位。

"是啊，专家点评当然要听。"有人起哄。

风罗微微出汗，她该怎么描述呢？应付还是说真话？王之谦希望她受欢迎，所以附和银行家是最佳选择，可是不说出真相，他们会觉得她名不副实。她想到王之谦，他爱她的真实，爱她不说谎，和她对真相的执着。为了自己，也为了他爱的她，说："这支酒酒体轻薄，味道寡淡，没有成熟葡萄该有的浓郁度，明显是过度收成葡萄田的量产葡萄酒。另外浓重的橡木味没有与果香很好融合，而且过于澎湃的味道说明添加了橡木片。法定产区[1]有很严格的橡木

---

1. 法定产区（包含葡萄酒及其他农产品）（AOC，Appellation d'Origine Contrôlée）：对一个地区所出产的葡萄酒严格规范和保护的产区制度，包括和直的葡萄种类、修剪方式、最高产量、采摘季开始时间、最低葡萄成熟度（有时也包含酒精度），甚至葡萄酒酿制方式等。现在AOC被AOP取代（Appellation d'Origine Protégée），但含义并未改变。

片使用限制，这款酒应该不是法定产区级别的。"

场面瞬间安静下来，大家都被她的认真惊呆了。有位太太悄悄地说："他不是说，这款酒是特别限量款，所以才没有法定产区标示的吗？"

"风罗，你坐下吧。你怎么学不会宽容呢？这是个新酒庄，是我们中国人的作品，只是需要些时间而已。小姑娘说的话，不用当真啊。"那银行家闪亮的头顶已经冒出了豆大的汗珠。在座的人，大部分都花了不少钱购买过他酒庄的酒，瞬间被戳穿，让他无地自容，更恨眼前的这个女孩。"我是外行，酿酒啊级别啊都交给别人打理，更何况她说的不一定是真的，不必认真。"刚才还自诩葡萄酒庄庄主，恨不得说所有酒都是他亲自酿造的，转瞬之间就变了态度，把责任撇得一干二净。

"也是，就这么个姑娘，连个来历身份都没有，靠男人才坐到这桌上，还敢大言不惭地批评酒。"有人附和。没有人再看她，刚才略微显露出的同意与欣赏的表情都收拾起来，把她当作空气。

风罗看着挥金无数制造的人工星穹之下，虚幻的美景盛宴之中，似乎连人都是假的。他们在这里品评美酒，目的却是桌下的利益。她悄悄退出去，就好像自己真的是透明的一样。来到露台上，看到真正的星空，她长长地舒了口气，四下寻找王之谦的踪影，却听到露台一旁传来的对话，在漆黑的夜里格外清晰。

"我一直想重新开始，有一个妻子．和两个孩子。不管她是否有你十分之一的美貌或名声，至少每天晚上家里还有人等我回去，我不必担心遇到的人会忘记我的名字，只记得我是米妮的丈夫．自己的名声是否会比妻子低。我只希望每一个夜晚点着的火炉旁边有孩子们的笑声。我甚至没有奢望过像爱你那样爱她，她出门也不会像你一样惊艳四座。我对她的欲望还没有今晚你握住我的手那么多，但是她会依赖我，抱住我，需要我。"

　　"别说了，"米妮转身不肯看他，"你是对的，我不是一个好妻子。"

　　"可是，遇见你，再见到你。该死！为什么让我再见到你，"王之谦抽了一口凉气，发出像是利刃划过空气的声音，"我说多了，我还是走吧。"

　　风罗并没有想偷听，却被他们的对话一惊，想要躲开，可一转身那鞋跟被卡在了木缝中间，一时拔不出来，她狠狠地摔在地上，扭到了脚。好像有什么把她的五脏六腑都生生撕碎了一样，眼泪泉涌而出。这真是灰姑娘的情节，以为遇到了王子，居然把鞋子也丢了。不过童话终究是童话，现实中没有王子把她拉起来，也没有王子拾起她的鞋。她勉强自己撑起来，伸手去拔鞋子，没想到细细的鞋跟经受不了大的拉力，生生断在了木缝里。

　　一切美好，到了十二点钟，全都灰飞烟灭，被打回原形。马车变回南瓜，衣裙不再光鲜，人终被丢弃。风罗坐到双腿发麻，旁边的露台已恢复平静。她拿起另外一只鞋子，将鞋跟卡住木缝，用力几次，那鞋跟也被少女壮士拧了下来。她穿着两只没有跟的鞋子，拖着臃肿的脚踝和心里无数的伤口一瘸一拐地回到车上。

亮亮看到她这个样子，并没有惊慌失措，也许是王之谦交代过了，也许没有，他没有问为什么，只是安静地送她回家。

风罗一个人躺在床上，看着窗口的月亮慢慢地落下，直到阳光充满房间，王之谦都没有来过。

Chapter 25
激情戏

　　三天了，她在房间里，不动不吃不喝，只有亮亮每天把食物送进来再拿出去。那句话一直在她耳旁盘旋：

　　　　可是，遇见你，再见到你。该死！为什么让我再见到你……

　　她不怪王之谦向她隐瞒婚史。每个人都有自己的秘密和苦衷，她也曾逃过婚，也刚刚从婚约中解脱出来。她明白那种无奈和折磨。可她想起自己来到这里的目的，初心并不是为了爱情，而是为了她的梦想，她想要成为葡萄酒行业的重要人物。现在她的能力她的天赋却使她沦为了花瓶，供人取乐的玩意。她曾经多么希望依靠自己的能力站到国际品酒的舞台上，现在让她站上去的是一个只懂得资本运作的男人和一双名牌的高跟鞋。

那晚王之谦也被苦苦折磨，他甚至已经到了绝望的地步，不是不知道该如何跟风罗交代，而是他发现了自己的不确定，他攥着那枚戒指，几次走在她的门前，却又退开。一切计划都被打乱了，他拥有的按部就班的节奏和秩序不断因为米妮而打乱。他为自己的猥琐而退缩。

他坐在河边一个叫作瓷房子的酒吧，那是风罗发现的在安静河湾边的一个古老维多利亚建筑，她相信几百年前是某个贵族的别墅。夜晚周围并没有什么人，只有几艘白色小艇浮在流金的河水上。

风罗当时就爱上了那里，石头筑成的房子结实古老，带着朴素的华丽，房子里透出点光，映在河水上。酒吧门口整整齐齐堆着高及肩膀的白杨树木桩，上面的纹理如一只只眼睛安静地看守房门。走进去后便知道什么是温暖的幸福了，橘黄色烛光摇曳，但丝毫没有昏暗的感觉，耳边舒缓的爵士音乐给人到了家的感觉。酒吧中央是一个直达屋顶的石头壁炉，火焰在噼噼啪啪燃烧着，在波尔多寒凉的夜里显得格外温暖。

王之谦清楚记得最初相遇的时候那个坐在火炉旁惬意地狼吞虎咽的风罗。那时他就可以想象自己坐在摇椅上陪着她取暖的样子，就好像杜甫诗中红炉小酒的兴致。爵士还在流淌，一个人显得凄清了些，窗外黑水晶般的夜，游过几丝金色波浪的线。

风罗，你是个迷人的姑娘，与你相处的日子让我愈发被你吸引。我一直幻想着自己可以改变你四海为家的生活方式，想让你顺从我过平凡简单的生活。然而实际上，我没有这样的资格，我不是个好男人，还有很多没有解决清楚的问题。但我对你是真心的。我想和你谈谈，今晚，在瓷房子等你。

他让亮亮把信交给她。倘若她今晚出现，他会向风罗坦白他与米妮的关系，希望得到风罗的原谅；倘若她不来，他不敢想她不来会是怎样。

自从有酒以来，酒吧最好的位置便在河边，流水潺潺，无论醉是没醉，酒楼似都随着河水摇晃。把河边酒吧发挥得淋漓尽致的应该是威尼斯吧，王之谦忽然想起三年前与米妮的约定，要重度一次蜜月，第一站就是威尼斯，心中无限凄楚。

威尼斯古城的水道密密麻麻绕屋而行，几乎从每个窗口望出去都可以看到金色红色的鱼。酒吧沿着水伸展，成为那些眷恋夜色的女子的家。晚上灯红酒绿纸醉金迷，水是流动的透明的，酒也是，在金色的灯光下，男女都变得美丽动人，语言变得流畅幽默，而浪漫也变成了世界上最容易的事情。可在波尔多只有那蛇形蜿蜒沉静流淌的河水，以及河水洗不去的多年宿醉。如潮的旅客早已倦了，消失在石板巷中，市政广场的音乐和喷泉却还在继续。河水是一块巨大的黑色玻璃，载着华丽小舟上楚楚人群去酒吧或赌场，这些在深夜里填满空虚的楼台。

收到信的那晚风罗去了那个地方，走在白色大理石的小桥上，身边船夫们悠闲地聊着天，不再像白天那样卖力地招揽生意。她悄然走过，有人从身后叫住，爽朗地问："你愿意坐船吗？"她低声谢过好意。

"真的不愿意？我们已经收工了，我教你撑篙，一会儿一起去喝一杯。"他的声音像是唱歌剧般高昂而有节奏，伴着同伴的笑声敲击在石板上，消失在小巷中。那如同黑色天鹅绒般柔软的河面映射着灯光，好像散落的珠宝，若能撑船其中应似悬浮在星际，可是她提不起勇气随他们而去，也鼓不起勇气去见王之谦，就像他说的，有人注定是要住在行李箱里漂流一生的。可她还是想见他，天生味觉敏感是她的天赋，那么为了他，风罗情愿失去这个天赋。站在瓷房子前犹豫良久，她的脑海一片空白，却正好看到王之谦拉着米妮的手从庭院走了出来。

"我们去游泳吧。"在酒吧等候的王之谦没有想到出现在他面前的不是风罗，而是米妮——他几乎不能呼吸了，身体僵直像是木偶。她光芒四射摇曳生姿，震慑之下他甚至没有问米妮为什么要离开，为什么又出现在这里。

王之谦终究没能敌过命运的捉弄，顺从于心底最真实的声音。他伸出手，手指在米妮那滑得像是皮肤一样的裙裾中找到她的手，然后紧紧握住不肯放开。

拉着王之谦来到游泳池，米妮在泳池旁一件件脱下裙子、鞋子，脱到只剩下内衣，然后一个猛子扎到水里。她的内衣是黑色的，带着蕾丝，四角内裤上有格子纹理，好像他自己的内裤模样。她在泳池里飞快地游着，激起波心荡漾。

酒店泳池暗蓝的灯光，蓝色的马赛克池底，让人看不清楚她的身形，可在王之谦心里只剩下白花花的皮肤，连那内衣都被他的眼神给融化掉了。她游得真美，笔直的身体像条白色的鱼。若不是每隔二十米左右就上来呼吸一次，王之谦都要以为她的皮肤在水下就可以吸收氧气了。他就这样静静地看着她一个人在泳池里不停来去，看着她的黑发在水中随着身体漂荡。他的身体和他的眼神一样忠诚地追逐着她，手脚的每次划动、抬头的每次换气都是为了离她更近。

米妮游向岸边的时候，就感觉到身后已经比泳池边的王之谦了，他的欲望分水而来，直奔向她。她能感觉到水流涌动的声音，不是来自周围而是来自她的体内。她的胸口有两只张开翅膀的白鸟，被水下激烈的碰撞顶得从浪花里翻上来，往她脸上撞，像用翅膀扑着她的脸，她只要张开嘴就能舔到白色的肉和粉红色的喙。

王之谦被水中洁白的身体闪得目眩，米妮跟着波浪翻涌，腰肢起伏挺立。宇宙洪荒万古开源皆来自水中，此刻她也在水中置换了性别，仿佛与这个男人融为一体。

就在天崩地裂的这一秒，她才意识到王之谦应该是她的，他的身体应该是她的，他不过是上天送来的道具，是身体另外的延伸——像是棒球选手手中的球棒，厨师手中的刀具，作者手中的一支笔。当王之谦仰起头像清晨村口打鸣的公鸡然后精疲力竭地垂落到她身上时，米妮无比垂怜地拍了拍他的背，像是抚慰一个小孩。

　　就好像他说的那样，他们都不是曾经的那个自己了，可哪怕发生再大的变化，他也一直等待她高潮的到来，从来没有变过。

Chapter 26
抉　择

　　湖对岸有着蓝色雾霭在山峦之间，被夕阳映照成血的颜色，海风顺着溪流河谷的方向向东吹，把暑气抹干净。这里是给富人们设计的度过夏天的天堂乐园，属于最精英最富有的阶层，从一桌一椅到美景斜阳，一切都按照设计的那样完美无瑕。

　　然而此时却有三个人想逃出去．拼命想逃出去。

　　"亮亮，他不会回来了吧？"三天后，风罗第一次开口。

　　看着风罗被情感折磨得痛苦无比却依然晶亮的眼睛，亮亮无从躲藏，他只能说："你有朋友来看你了。"

　　这位朋友并不是她想见的人，而是穿戴华丽的张敬之。她进门，看到风罗就大笑起来，"这哪里像是最近波尔多的传奇人物啊。我刚到波尔多就听说你把国内几位葡萄酒大佬都得罪了，实在拍手称快啊。"

　　风罗吃惊地看着她，不知所措。

"整个波尔多就是一个利益场，每年这里的交易额不亚于一个小国家的经济产值。每个人习惯了通过利益来交往。也许因为我也是这些交易中的一部分，所以早已失去了说实话的能力。很钦佩你，做得好！"她耸耸肩，"如果我是你，早就开香槟庆祝了，怎么会在这里半死不活的。你真是让波尔多人一夜之间认识了你。"

风罗苦笑，她也在一夜之间失去了爱的人。

"既然你这么努力证明你自己，我们干脆再比一次吧。"她抬起戴着白色手套的手，看看手腕上的钻表，"两个月以后，一年一度的葡萄酒写作大奖赛。选一个你擅长的题目写，我可不想和上次一样赢得太轻易。"

"我不想比了，我不想继续了，"太久没有说话，风罗被自己沙哑的声音吓了一跳，"我能力有限。"她咬紧嘴唇，不让眼泪掉下来，心如刀割一般，连爱的人都留不住，还能做什么。

"有没有能力那是你的事情，但是像你这样没有生活来源的人，难道还真要靠男人活着？比赛的奖金是五千美元，别让我失望。"就像她旋风般地出现一样，她又一阵风似的离开。

风罗看着门的方向，她现在所住的地方依然是王之谦提供的。王之谦现在不要她了，她没有理由住在这里。难道真的赖在这里吗？终于，眼泪如珍珠般坠落，她"哇"地大哭起来。

一切都结束了，曾经早已认命却偏偏遇到了他，然后再次体会命运的残酷。能不能回到一年前那个不曾遇到他的自己呢？远离繁华喧嚣，经历过身体的磨难，经历过精神的寂寞，以为一切都难不倒她，以为无所不能的自己。

风罗痴痴望着门外，眼前全是他背司她的影子，越走越远。

米妮同样在受着折磨，不仅仅是精神上的，还有身体上的。

自从与王之谦重逢，在水中疯狂之后，她就不断感受到荷尔蒙的澎湃。身体四肢的每条血管都流淌着荷尔蒙的欲望，她几乎每个夜晚都不断重复着春梦，在不同的场景用不同的方式与她调情，她的身体狂热躁动，要有把火烧起来才能感觉到自己的身体。只是她不知道，她的那些春梦不过是宇宙间的平衡，源自王之谦与米妮共享的脑波中产生的涟漪。

她把精神上的焦灼化作了对吃的执着，一大早，一个穿着制服的服务员走进她的房间，银质的托盘上有散着热气的面包、咖啡和冰冷的牛油果汁。她知道为她送早餐来的是何连，那个还在消化她与王之谦婚姻关系的小伙子。

米妮吃完了上面摆着的面包片，喝了一杯橙汁，又吃了两个牛角面包，还有一小块奶油泡芙，才给自己倒了第二杯咖啡。她从梳妆台上的瓷花瓶旁取了一个白色的小信封，上面还沁了些正盛开的白色玫瑰的香，精致地用丝带在信封上打了一个蝴蝶结，然后遣人送给了何连。

那个信封是空的，她没有写一个字，因为她不想跟任何人说抱歉，无论对何连、王之谦或是那个拉着他手的风罗。两个人若要在一起，那是只有宇宙才能左右的，任何人都无法改变。只要还有想要见到他的欲望，还会融化在他的吻里，无论时间距离或其他外物，再艰难也不会改变。

之后的许多天里，米妮的所有欲望都化解在食物中了。

"请认真听我说然后传达给厨师，如果不按照我的要求做，我会把牛排退回的。"米妮伸出她的手指，"5A的和牛要切得比我手指还要厚，肉片过薄会太快老化。熟度一定是三分，热度足够把汤汁血水凝聚在肉中，而不是蒸发烤干，否则肉的口感会又老又柴。"

服务生勉强记下内容，交付给厨师。

米妮看着那块牛肉被端出来，盘子还带着滚烫的热气。被烤得焦香的褐色肉皮，切开里面是柔软的粉红色，带着淋漓汁水和血液，蛋白质还没来得及纤维化，脂肪却被热力逼化，放入口中，嘴巴即刻失去了说话的功能。数万味蕾仿若久旱干涸的大地，吸入所有汁液，等不及回味，便想要更多。

吃完这块半斤重的牛排，米妮擦拭一下嘴巴，叫来侍者："请按照这个方法再来一块牛排，再给我一杯红酒。"

和牛是所有牛类脂肪分布最饱满平均的一种，肉过于鲜美了，烹调方法就变得多余，厨师想要在和牛上炫耀刀功，或者炽火热炼都只是画蛇添足。能懂得这个的厨师不多，能看穿这点并勇敢提出意见的客人更少。

她把牛排切成刚刚能放进嘴巴的大小，吸尽所有汁液脂肪。

身为一个演员，多少年来一直克扣自己的食量，从来没有吃得如此开心爽快。她不由自主地发出享受的声音。

服务员送来了一块巧克力蛋糕。"你胃口真好，让我想起我怀孕的时候。"她笑着说。

原本柔软多汁的牛肉忽然石头般坚硬凶猛地塞在食道，如同晴天霹雳，她甚至没有吃完剩下的食物，就跑了出去。直到那个白色的棒棒上出现两条红线，她都不敢相信自己的眼睛。索性买了十几条棒棒，再亲眼看着它们全部变成两条线。

葡萄树需要压力和干渴，只有这样它们才会把根深深扎入土壤之中，吸取养分，这样出产的葡萄酒品质也格外高。那些被施肥被灌溉的葡萄根茎会附着在土壤表层，依赖外在给予而生长。那样出产的葡萄产量高，但品质并不高，而且容易生病，甚至一场大雨都会把根茎冲出土层，导致死亡。

王之谦看着侍者倒入杯中的葡萄酒，却想着他和风罗在葡萄园中的对话。

我多么想成为你的养分，让你从此衣食无忧。可我不能，因为你要成为那棵最坚强的树，结出最美好的果实。

他把头埋在杯中，花园般的芬芳，樱桃的甜美，华丽的酸度，这是来自意大利的圣乔维斯[1]，他们留下美丽回忆的地方。风罗说过，这个葡萄品种的意思就是丘比特之血。多么诗意的名字，只是丘比特带来的不仅仅是爱情，还有流血般疼痛的记忆。

许多天来，王之谦没有跟风罗或米妮联系，没有他，她们两个会活得更好。他没有参透宿命，却明白自己此生都会受米妮左右，只要她一挥手，他就会跟随她到任何地方。终于，他鼓足勇气，打电话给米妮，"我不要离婚。"

电话对面隔了很久，米妮才发出声音，遥远又不切实际，"我怀孕了。是你的。"

跟何连告别的时候，米妮已经有四个多月身孕了。可是何连仍然不相信她苗条的身材下孕育着另外一个生命。

"你是骗我的对吗？小姐姐，根本没有怀孕。"何连说。

米妮把他的手放在她的肚子上，低头说："你摸摸，等一下他会动的。"

"我摸不到。"也不知是他没有见过孕妇的模样，所以真的摸不到，还是根本不肯承认。"你是在开我玩笑。你和十年前我们认识的时候一模一样，根本没有变化。"何连手缩了回去，连

I. 圣乔维斯（Sangiovese）：红葡萄品种，原产于意大利托斯卡纳，它的拉丁文原意为天使之血，意大利栽培最多最为著名的传统品种之一。具有红樱桃香气，酸味和单宁含量都很高，带有清亮典雅的红宝石色彩，可生产新鲜可口的便宜佐餐酒，也能酿造出浑厚有力的陈年佳酿。

连摇摆，"你不要我了就直说，不要开这样的玩笑。"

"何连，别闹，难道你要跟我进产房才肯相信吗？"米妮想要拽回他的手放回肚子上，好像要证明她肚子里真的有个生命。

"我不信。米妮，我相信我们都是活在世俗里的人。这个世界在我们面前有太多我不想发生的事情了。但是在你的面前，我希望永远保持单纯。请你永远是那个出现在我17岁时的模样。我要我永远记得你都是那样。永远不变。"何连说。

米妮又好气又好笑的看着他。她清楚即使两人在一起，何连也不会变的——他依然还是那个四处留情的浪子。但米妮真心感激他，能够在最孤单的时候陪着自己，就连到了最后一刻也不愿撕毁彼此取暖的美好。"你真好，何连。"她说。

"记得我好就行。"他拿起她的手指放在唇边吻了一下，"我不得不走了，因为你美得让我想犯罪。想开工了记得找我，我会把你的美留下来。留在这里，"他指了指电视，"留在这里。"他又指了指他的头。

米妮点了点头。也许是荷尔蒙的作用，她甚至觉得眼角湿润了起来。在她身边都是多么美好的人儿。每个人都是克制与冷静。情感与理智一样多，也一样深刻。

Chapter 27

光 芒

　　"今年的葡萄写作比赛大奖得主，也是第一次来自这个国家的选手赢得比赛，那就是来自中国的风罗女士！"潮水般的掌声在美国纳帕谷礼堂响起。

　　风罗走上了领奖台。

　　夏天很快就要过去，葡萄果实逐渐由青色变成紫色。今年对她来说格外漫长，似乎总也等不到收获似的。跟往常一样，她还是在田地里工作，绿色采收刚刚过去，她花很多时间剪掉已经长出的小小绿色果实来降低果园的产量。另外剪掉多余的枝叶，让果实在阳光下充分地呼吸，在枝头迎风飘扬的叶子骄傲得像是一只只手掌，舞动着向她打招呼。每片叶子之间都有着一只鸟的空隙，一阵风吹过就好像有千百只鸟的云雀田。

　　"请问，你为什么要参加一个非自己母语的写作大赛呢？要知道往年，我们的获奖者虽然来自不同国家，但都是以英语为母语的。"主持人问。

还没开口，她伸手想要抚平已经梳理得很平整的头发，她的手指很好看，在屏幕上珠贝般光洁整齐。她应该很久没有做过辛苦活了，完全看不出来那些细细密密受伤的痕迹，光滑细腻，仿佛从未做过任何苦工。

"因为，我想获得奖金。"风罗诚实地回答。台下顿时笑声一片。

"那你拿到奖金想怎么用呢？"主持人忍俊不禁地问。

"我的想法其实很简单，这笔奖金会让我有能力去酿酒。"

她的眼睛依旧充满着亮光，带着对梦想的渴望。她知道如果她没有那么坚强，没有那么忍耐，或者需要王之谦多一点，哪怕再多爱一点，她也会拥有幸福的生活和爱情，可是她身体里流淌着征服的荷尔蒙，每分每秒都充斥在血液肌肉中，无法抑制地想要冲进暴风雨中实现对胜利的渴望。

王之谦在电脑前看着她的获奖视频，尽管他很希望可以亲眼看到她的荣耀时刻。可是他没有去。因为他已经离开她的生命了，她的辉煌也从此展开。

亮亮走进办公室，说："哥，你听说没，风罗获得国际大奖了。你真的没看错她。"

王之谦看着电脑中风罗的形象，说："她没有看错自己。"

"哥，我已经按照你的要求把酒窖都整理好了，你要不要去看看？”

王之谦点点头，从那个时候到现在，风罗从来没有停止把她认为好的酒单发给亮亮，而王之谦也从来没有停止购买这些酒。他起初设想的数万瓶的酒窖，已经建成。

地下长廊两侧竖直的酒架上摆着从世界各地搜集来的葡萄酒，他和隐形的她游刃有余地选择品质极佳又有品位的酒，令各地酒商倾倒，他成为了一个以品位和灵敏味觉著称的葡萄酒收藏家，他的收藏成为众多人追捧的热点，只是没有人知道，这不是他一个人的功劳。

他孤寂地走在中间，并没有停留看身边的酒，而是径直走到酒窖深处。那里的墙壁上有一个单独的盒子罩在水晶盖子之下，里面放着他与她见面时喝的第一瓶酒，一百年的稻草酒。

“世界上再也找不到另外一瓶了，就好像世界上再也不会有另外一个你了。”

他随手从架子上拿起一瓶酒熟练地打开，西蒙尼教给他的一切都记忆犹新，分开这么长时间，仍未觉得适应。能够点燃酒窖中的蜡烛，什么时候能点燃心中的火焰呢？

他本来以为购买一个酒庄就是帮她完成梦想，可她并不需要。她的梦想是她父亲从小灌输给她的——去经历从无到有的过程，去享受征服的快感，而不是去享用。

再也不能靠近了，连一步都不能靠近了，尽管充满着后悔。

在她的生活里，他已经成为曾在黑白记忆中不重要的鬼魂。最爱的那部分已如水晶般破碎，不知该如何修补。她眼中的寂寞会有别人来安慰，当她遍体鳞伤的时候他没有在，现在她已经成长得坚强有力，又怎么会跌回他的双臂中。一切都是臆想了。

米妮看着王之谦在酒窖里追忆的模样，觉得有些可惜也有些可笑。她已经参悟了上天赋予她美貌的意义，以及上天赐予王之谦法棍的意义。

几个月后，米妮看到从她的身体里出来的，带着和王之谦一模一样法棍的婴儿。她抑制不住地微笑，和她想的一样，她的身体长出了一个法棍，带着血带着肉，每个细胞都来自她。

Chapter 28
不能忘

　　葡萄成熟的过程中，除了颜色、体积的变化，还有葡萄体内的糖分累积增加以及酸度降低。所以要在葡萄成熟而又未过熟的时候采摘，以保证葡萄酒中有足够的酸度。

　　美国加州阳光充足，每年葡萄都可充分成熟，不似旧世界很多国家会受到气候年份的影响。在这里，气候年份对葡萄影响并不大，这也是风罗把第一次酿酒地点选择在这里的原因。但因为过于充沛的阳光，导致葡萄过熟反而失去了平衡。单宁偏低，过早熟成，很难形成复杂的风格。

　　两个人的关系也是如此吧，刚开始时天使挥撒鲜花，五色烟霞中相识，心灵身体完美契合，任人看了都以为是神仙眷侣，结果却因为爱得太多太快，耗尽了所有的耐心精力，等不到收成的那天。

　　在加州，秋天是最美丽的季节，葡萄成熟后，山丘、森林与葡萄树，处处金黄火红，像是大自然铺上一条华美的地毯，繁华似锦，绚丽耀眼。但是风罗没有时间去欣赏它。采收时节，青年男女在阳光下木桶中光着脚踩着葡萄唱着歌——这样的画面在这里是看不到的。酒庄的几乎所有工作都是又累又湿的。

风罗将所有体力都付诸酿酒，却无法控制大脑停止想念王之谦，她没有一秒钟不在问自己：'究竟她做错了什么，他才会离开她？"

酒厂的工作让人上瘾，尤其对有热情的人来说，只要想，可以二十四小时不间断工作，无论是为了疗情伤还是忘记谁，都是最好的方式。酒厂里充斥着不断发酵而产生的副产品二氧化碳，可以让人飘飘欲仙无所不能。

车间的白板上密密麻麻写着每人每天的工作内容和细节，风罗名字下面写的项目最多：

> 早晚两次品酒记录
>
> 赤霞珠和品丽珠¹各自分拣入料
>
> 下亚硫酸下果胶分解酶
>
> 测量各个发酵罐的甜度酸度比重
>
> 小型发酵罐手压浸皮
>
> 大型发酵罐循环泵送溶氧数次

---

1. 品丽珠（Cabernet Franc）：红葡萄品种，来自法国 世界各地均有栽培。难以磨灭的是它绿色植物的生青味道，同时又具有可口的黑加仑子和桑椹的果味，可以与赤霞珠和美乐混合酿造。

衣服无数次被浸湿又无数次被晒干，就在大家以为长时间劳动会耗尽她精力的时候，她却以超乎常人的毅力做出新决定——亲手去做酒庄工作中所有人避之不及的除渣。红葡萄酒漂亮的颜色，就是葡萄在发酵时葡萄皮颜色浸入酒中的结果。可是在浸皮上色之后，要把酒皮分离就是一个大功夫了。这个步骤基本都是人工完成。工人需要打开发酵罐，放出酒液。自然流汁完毕，所剩下的葡萄皮籽和酒液混合物要被挪到压榨机里进行压榨。由于葡萄皮籽上面也有很多苦味单宁，如果粗暴对待，苦味就会混合到压榨汁中造成酒液苦涩，所以大部分酒庄都选择用人力进行发酵罐的清出。

风罗对这个工作抱有极大的兴趣，尤其看到工作目录上工作装备包括了氧气瓶、绳索、腰带、通气管、照明灯、铁镐、铁锹、急救设备还有一个助理人员。发自内心觉得这项工作的重要和特别。风罗要除渣的事情传遍了酒庄，所有人不敢相信。他们甚至叫来了负责这项工作的人，那人又黑又壮，胳膊抵得上风罗的腰粗。风罗伸手量了量那臂宽又量了自己的腰围，心里凉了下来。可对这项工作的好奇并没有消逝。

还是没有人肯让她进罐。要挪动几吨重的皮渣的确艰难，但这工作最可怕的部分是罐内残存的二氧化碳。由于发酵过程中，糖分转化为酒精和二氧化碳，布满了发酵罐的各个角落，气体被皮渣结结实实地捂住。挪动皮渣的过程就等于捅了这种危险气体的马蜂窝，它会源源不断从皮渣的缝隙中飘散出来，分布在身体周围，直到有人付出生命的代价。上面提到的复杂装备就是为此准备的。

"每年都有几个酿酒师死在发酵罐里，你知道吧？"她的酿酒助理艾玛不可理喻地看着风罗，"你是在玩命！"

风罗被这想法折磨得血脉偾张，她身体里流淌的是冒险的血液，作为将军最好的死法是在战场上，"作为酿酒师，还有比这个更得其所的死法吗？"

"你若死了，用这罐酿酒肯定会很好喝。"艾玛讽刺地说，不再理会风罗的疯狂。

风罗开始布置管道，为出汁除渣做准备了。一切步骤她一人都能完成，发酵罐的自然流汁完毕后，打开罐门，就闻到一阵浓郁的酒香，伴随着二氧化碳令人心跳的感受。在用铁镐对被压紧实的皮籽挖掘之前，必须先在顶部放入通气风扇，依靠强力的风扇把二氧化碳吹出。由于二氧化碳比空气重，会不断聚集在发酵罐的底部，给人造成影响，所以除了一个主工作人员，还要至少两个人随时监察人体情况，不断轮换工作，保证每人都有足够的新鲜空气。她与几个熟手相互检查安全装置，空气管道畅通，紧急氧气配备，并保证所有人的手机都交出，不会分神的情况下，除渣才正式开始。

二氧化碳这种致命气体，虽然无色无味，但并没有想象中那么难以察觉。它能使人产生一种坠入深渊又攀上高峰上天入地无所不能的愉悦感受，据说这也是富含七个大气压二氧化碳的香槟之类起泡酒大受欢迎的重要原因。

这种愉悦感受在工作前段是非常振奋人心的，令风罗觉得力大无穷，拥有不知从何而来的源源不断的力量。她不停地把皮渣从发酵罐里推出，做得又快又好，她听到外面的人在讲，"这女孩真的把命拼上在做事呢。"

"她若是这样不肯休息，迟早有一天会把命送上的。"

"可是好酒不就是这些拼命的人才酿得出来吗？我们为这么多家酒庄工作，你看过一个坐在办公室里的人酿出好酒来吗？哪个不是每天在酒厂摸打滚爬的。"

她看着身边紫色的皮渣越来越多，视线渐渐开始模糊，心脏不受控制地狂跳，力竭的眩晕感如鬼魂附身，二氧化碳吸入过度的症状开始出现，几乎是用滚的，她爬出发酵罐，大口吸入新鲜空气，示意换人。这症状来得非常迅速，可以在不知不觉的情况下置人于死地，都是由于第一次入罐没有经验，她做得太快太猛。

她看着那成山的紫色皮渣，庆幸刚才及时爬出来，否则她现在应该已经停止呼吸了吧。就这样死去也不错，就不必这么辛苦努力了，更不会再想他。自从离开他，她已经很久没有感受到心跳了，就连站在领奖台上的她，也没有期待已久的成就感，只有填不满的空虚。为此她甚至一天都没有停地加入这个酒庄，开始酿造自己的酒。从疏果开始，减少每株葡萄树上的果实，使所有的营养都聚集在仅有的几串葡萄上。在采收前两个星期再次把还没有充分成熟的果实剪掉。每一株都亲手完成。采收之后，她更是连着几天干脆睡在发酵罐旁边，每隔几个小时起来测量温度，做透氧循环，在实验室测量各种指标。

看着夜班的工人上班下班，日班的工人上班下班，每个人从惊奇到后来的习以为常，最后干脆为她在实验室的角落放了睡袋，供她随时休息。恨不能一天有四十八个小时，这样就可以做更多。

所有人都在劝她休息，可是一年只有一次的发酵，一次不过十几天，她不想浪费在睡觉上。因为不能做错，因为一年只有一次机会。更因为她知道，为了这个，她放弃了什么。

"你能听到吗？那是发酵的声音，是酵母在发酵罐里繁育后代的声音。"风罗在一旁放着勃拉姆斯的《卡门幻想曲》。采收之后的十天都将是酵母的盛宴，花腔女高音在小提琴的伴奏下，像穿梭在林间的小鸟，越飞越高，越飞越快，越飞越飘。

"艾玛，我们来跳支舞吧。"风罗趁着采收完毕的间隙拉住艾玛。

"很晚了，我很累，连吃饭的力气都没有了，让我回去睡觉！"艾玛有气无力靠在她身上。

"嘘，嘘，别让酵母听见，我正在激活酵母，需要一些积极情绪，千万别想消极的事情，它们会听到的！"她绕着一大罐慕斯般的活化酵母拉着艾玛转圈。

在发酵的酵母面前不能有负面的情绪，这样它们才会健康快乐地生长，她们两人就好像围着咒语锅的女巫，一边念念有词地说着美好的事物，一边把酵母放入其中。

"好吧，好吧，酵母你们是最可爱的宝贝，快跑到葡萄汁里面，把糖分都吃掉，然后变成滋润的美酒，让喝到的人马上爱上这位小姐。"

"草莓，海边，甜点，小马驹，草原。"风罗想都不敢想让她受伤的爱情，口中念着一些简单美好的词汇，一边看着酵母在葡萄汁中变化为成千上万的气泡，很快成为慕斯蛋糕的模样。

"不仅爱上她，还要让她成为最幸福的新娘，嫁出去以后，我们的工作负担就会减轻，我也有时间约会了。所以酵母就靠你们了！"艾玛说得手舞足蹈，想象如同奔跑的泉水源源不止，仿佛已经看到风罗穿上婚纱的样子。

今年葡萄变成酒就依靠你们了，风罗在心中默默地祈祷，为了酿造最天然的葡萄酒，她没有加入辅助材料帮助发酵，所以只能依赖酵母和酵母后代吃掉葡萄汁里所有的糖分，转化成酒精。这生长了一年的葡萄就是酵母的盛宴，请好好地生长吧，她心中祈祷。

艾玛实在疲倦已经回去休息，风罗一直陪着酵母喃喃自语了三个小时，并不是因为她无事可做，而是活化酵母是一个非常缓慢的过程，需要做的不仅仅是把酵母和葡萄汁混合。因为酵母是非常活跃又娇嫩的微生物，需要在适合的环境和温度下醒来。三十八至四十摄氏度的水温，一比五的比例，都要凭着酿酒师的双手感觉去调和。在维持住三十八摄氏度，每隔二十分钟就进行温度和比例的调整之后，三个小时，酵母才从一小袋干干的粉末变成了近一吨的泡泡混合液。红色的果汁液体和丰厚的泡沫，好像一个巨大的草莓奶油蛋糕。热爱泡泡浴的风罗非常满意自己的杰作，她的双手已经在不断搅拌中磨上了巨大的茧子。随着发酵液的温度逐渐降到十八摄氏度，接下来只需要把这吨液体放入发酵罐，今年的发酵就会开始了。

直到这一切结束，时间已是午夜，月亮开始藏入云中，她静静站在银色的发酵罐前面，看着外面的黑夜，想象他就在一个幽暗的角落里，看着。

Chapter 29

释　怀

　　在领奖之前，西蒙尼握着风罗的手，跟她说："眼睛要看着最远处的观众，保持微笑。语速比平时放慢。不要看地板，也不要翻白眼。镜头可是很犀利的。"

　　"西蒙尼，你越这样说，我就越紧张了。"风罗摇摇头。"他来了吗？"她摇了摇西蒙尼的手。

　　"你说的那个人来没来，我没有看到。但是引领你来到这里的人到了。"西蒙尼说。

　　"哦，当然了，西蒙尼。你是我最好的朋友。能够有你在我的身边，陪伴着我，我已经不该奢求别的了。"风罗误会了，以为西蒙尼说的是自己。

　　"不，我说的不是我，我说的是张敬之。"西蒙尼指着台下一个熟悉的身影，"是她带领你来到这里的，不是吗？"

　　令人不可思议的是尽管没有获得优胜，张敬之还是出现在那天的颁奖典礼上，还是那么居高临下气势凌人。可风罗不再讨厌她的骄妄和不可一世了，反倒有了惺惺相惜的感觉。过于聪明的她不过是遵守狭隘的规则而觉得无聊罢了。她对身边那些毫无求知欲却充满铜臭味的人厌倦已久。即使住在最华丽的房子，参加最盛大的晚宴，都觉得空间狭小空气污浊，就好像葡萄藤，生怕太阳被遮住，找不到生长的方向。与风罗竞赛成为她生活中的乐趣，她也害怕失去一个对手。因此密切关注她，不断激发她用出所有的能量。有这样的智慧生命挑战，她乐在其中。风罗也发自内心喜欢她，喜欢她的理智、天赋与想要找回本心的自省。

　　除了张敬之，典礼上不请自来的还有米妮。她自从木桐晚宴之后就饶有兴趣地观察风罗所做的一切。也许是出于想要补偿的心理，听说她要酿酒，这次就特地为她送来了最合适的法国橡木桶用于陈年。风罗对米妮并没有任何敬意或者妒忌，她知道她与王之谦的日子，是米妮从不曾经历远也永远不会有的。对风罗来说，米妮和屏幕上的其他明星一样，光芒四射却遥不可及。

　　作为明星，牺牲了隐私却获得众多便利。橡木桶虽然多，但想要找到最好的并不是件容易的事。那些做事认真的酒庄主和酿酒师在橡木还没有成材的时候就亲自去林中挑选，优质木材甚至要依靠拍卖才能获得。就算选材顺利，也要等待三年风干，橡木桶才能被制作出来。市面上一只好的橡木桶售价高达两千美元，却只能酿造四百瓶酒。幸运的是米妮有通天的能力。她送来了两只来自著名的啸鹰酒庄的橡木桶，仅仅使用过十二个月，以及一只全新的橡木桶。对酿酒师来说，那是可遇而不可求的东西，珍贵得无法用金钱来衡量。这同时也符合风罗对自己酒的诠释，她在勃艮第那段时间学会的对酒的理解。减少全新橡木桶的使用，不仅可以降低成本，而且可以使葡萄酒不受橡木侵扰，更多地表达自己的香气和风味，就好像他第一次吻她时的那款酒。

米妮不但带来了橡木桶，还带来好喝的酒，装在像是药瓶的醒酒器里。风罗只是闻了一下，就发出惊喜的声音，迫不及待地倒入酒杯，喝了一口。米妮看着她被酿造工作折磨得消瘦枯槁却眼睛发亮的样子，感觉不可理喻，"告诉我，你吃了什么药，能让你这样精力充沛地战斗，你的体内究竟被注射了什么？"

风罗笑着举起那装在醒酒器里的酒，"酒就是医我的药。"

虽然对酿酒本身毫无兴趣，米妮还是非常期待风罗的作品。"我可忍受不了只饮用一种酒，就算是再好的葡萄酒，我每天也要随着心情更换品种。更何况，为了搭配食物，酒的类型必须不断变换，待在一个酒庄只喝一种酒，我不可想象。"

对于酒的追求是永无止境的，饱满丰富的香气、优雅浑厚的酒体，还有更多的细致、深度、复杂度、柔顺度，以及可以触动神经的"感动"。摇杯之后，黑樱桃的香气伴随着巧克力太妃糖的味道浑厚又迷人，丰富的水果、矿物质在口中饱满而有力，酸度较低，单宁经历了长久陈年的样子，十八个月的橡木桶陈酿柔化了口感，可酒体浓厚得在口中几乎化不开，就好像是热恋中的两个人一般分也分不开。感情总是这样，越是亲密越是迷恋，就越是担心有一天会厌倦。毕竟离巅峰越近，就离衰退越近。

"浓郁黑樱桃与巧克力的味道，来自斯勃兹伍德酒庄[1]，美国葡萄酒庄的杰出代表，成熟浓郁带着强劲有力的肌肉感，"米妮把酒瓶从背后拿出，"在这里也可以酿造出波尔多风格的葡萄酒。"年份竟然是1981年。

"放置三十年的美国酒也可以这么好喝！"风罗惊喜地叫道。多少年来人们对葡萄酒的印象，尤其是新世界葡萄酒，就是开瓶后不能久存。这也情有可原，毕竟大多数葡萄酒都是满足人们当季饮用的。如果仅仅酿制年轻时生涩不可入口，要等待数年才会成熟开放的葡萄酒，会给酒商造成巨大库存和现金压力。再加上美国曾实施过禁酒令，酿酒产业百废待兴，能够在三十年前就酿造出平衡优雅的葡萄酒并且保存至今还是很少见的事情。那时候的酒还没有受到世界头号评酒大师罗伯特·帕克的影响，人们还在追求波尔多的优雅有力，酒精度还是平衡的十二点五度而不是现在的十五度，全新橡木桶也没有被大量使用，甚至气候都没有现在如此极端。这么多年来，这里发生的改变又哪里仅仅是酒精度。

---

1. 斯勃兹伍德酒庄（Spottswood）：美国加利福尼亚州纳帕谷产区的著名酒庄。历史可追溯到1882年，但由于美国禁酒令一度被关闭，直到1982年它的酒才重现市场之中。

"你打算叫这个酒什么名字？"她问。

风罗摇摇头，"还没有想过，我只是想酿酒而已。"

"知道吗，看到你让我想起了很久以前看到的古代故事，"米妮说，"那时还有贞节牌坊这种东西，一个年纪很轻的美丽寡妇独自拉扯儿子长大，等到儿子新婚她也老了，儿子开始怀疑这伟大的母亲怎么做到几十年洁身自好的，不仅他怀疑，整个村里的人都在怀疑。为了证明自己的清白，她拿出了一百枚被摩挲得锃光瓦亮的铜钱。这位寡妇白天做工，晚上就将铜钱扔在没有蜡烛的房内，靠着摸索捡拾度过一个个漫漫长夜。"她看了看发酵罐中的酒，"这就是你的铜钱吧，你是依靠它度过长夜的吧。"

风罗正享受加州酒的美妙，喝到口中差点喷出来："嗯，你刻薄的水平比你品酒的水准还要高很多啊，取笑我很有趣吗？"

"我没有取笑你的意思。可是，看你从不打扮自己从不约会，只是天天跟酒在一起。你是要把这酒取名叫'贞节'吗？"

风罗有些尴尬，放下杯子，她并没有为了酿酒而放弃男人的想法。能够给心爱的人酿酒是很幸福的事情，尽管不知道他在哪里，但有一天他喝到酒的时候，他就会知道那酒在跟他说，"嗨，这么多年我只是在等你呢。"

然而她张开口说："听说你们复合了，祝福你们。"

"你会后悔吗？"米妮问她，"选择这条路，你后悔吗？"米妮像是在问风罗，却又像是在问自己一般，自顾自地回答，

"我会后悔的。我无时无刻都在后悔，用尽全部力气去后悔——如果没有选择王之谦，我的人生也许会更轻松吧。"

　　"会更轻松吧。"风罗像希腊神话中的回声女神厄科一般重复着她的话。

　　"在没有男人与孩子的世界里，女人永远都会更轻松。"米妮说，"就像你这样，心无旁骛地做着一件事情，一件你最擅长的事情。不过后来我慢慢就想开了。无论是职业女性、母亲、妻子，还是恋人，不过是旁人给我们的角色罢了。社会要求我们同时扮演好这所有的角色才算得上成功。可是男性就简单了，哪怕只要做好其中一个或者半个角色，就算得上合格了。所以我放弃了。我自己的角色，我想怎么演就怎么演。倘若演得不好，我对自己的人生负责就好了。那些说三道四的人也不可能对我的人生负责。"

　　风罗赞同地点点头，回答道："米妮，你若是担心我与王之谦，我可以负责任地告诉你，恋爱的确是美好的东西，但是对我来说，人生还有更重要的。即使没有你，我也依然会选择现在的生活。以前的女人认为恋爱或者婚姻大过天。对现在的我们来说，遵从内心的自己才是大过天的。不会因为一个人的出现，就放弃了自己的内心。"

　　米妮说："我们都害怕做了错误的选择而抱憾终生。希望我们的选择是对的。"

风罗说："选择错了又有什么关系。即使错了，还有下一次嘛。就像《飘》的女主角斯嘉丽说的那样，明天又是新的一天。你永远会有更多的选择。"

"看来我落伍了。我也要好好跟上新的思想呢。"米妮笑了起来，"谢谢你告诉我。我的选择会有很多。真希望我能够更多的选择。"

"只要有足够的力量和智慧，就会有更多的选择。我就在这里好好修炼自己的智慧和力量呢。"风罗指着自己的发酵罐说。

Chapter 30
一千种风

　　在所有酒发酵完毕、被放入橡木桶之后，风罗从美国加州直飞到阿根廷。那里正是夏天，她想去看山中成群的白马，和那个骑着白马的人。

　　美丽的安第斯雪山之中，风罗看到一匹美丽又富有灵性的马拴在马厩前。即便是去过无数地方的风罗，也没有见过这样的美景。山中绿草葱葱，山间秃鹰盘旋，马群一动不动。从小接受马术训练的她没有轻易靠近，相反蹲下了身子坐在一旁的石头上。没隔多久，这些美丽的动物终于忍受不了好奇心的煎熬，开始靠近。它们以为风罗是这山中一丛新鲜的植物，逐渐靠近，从鼻中喷出热气嗅着她的味道。只要保持不动，当自己是这里一棵巨大的龙舌兰，马儿们就会着迷，用牙齿轻咬着她的衣服，头擦着肩膊，仿佛在说：快看看我，我的精亮的毛发和结实的肌肉。

　　风罗抚摸着离自己最近的那匹白马，长长的白色睫毛，眨啊眨，好像下一秒就会说话。她牵了它走，一边喂草，一边找高裘们借马。"高裘"是阿根廷独有的牛仔，它的原意是"没有父亲的孩子"，现在却成为阿根廷草原文化中必不可少的族群。他们有自己的领地、牛群和牧场，甚至还有自己的葡萄酒园和田庄。但无法改变的是他们流浪的习性，即使有房有田，他们也总是露宿漂泊在外。

"风罗，你牵了我的马想去哪里？"有个高裘拦住了她，他有着跟马一样美丽忧愁的眼睛，大家都知道她是酒庄的客人，对她非常客气。在风罗的百般请求下，那个高裘扶她上马，自己骑上最高大的那匹红马，喊了声"跟我走"，整个马群便乖乖地听话跟随他去了。

风罗仗着胆大总是不安分地策马向前冲，越是着急地向前冲，越被这个高裘在适当的时候追上拦下。她心里着急，她的高原、雄鹰与湖泊，怎么就被他拦住了。她心里着急，夹紧马肚就向前奔。可眼看着那高裘还在山脚，还没来得及回头，就看到一个红影跑到面前。他双腿向前伸展，整个身体却向后仰，展现出结实的肌肉线条，几乎与马背平行般地勒住马身，向前的急刹车，生生把她的马拦住，引得远处人群一阵欢呼。而风罗却苦闷地几乎要流泪哀求他，"让我跑吧，我想跑。"

他伸出手，将一片叶子递给她。

"风罗，你还不知道我的名字吧。"

"高裘，你叫高裘。"

"不，我叫亚历山大，你要记得。这叶子给你，闻闻它，很好闻的。"那是一种幽香，带着些甜，整个山谷里都充满了这味道。"到了下个有它的山谷，我就让你跑起来。"刚说完，他又不见了。当那幽香再次充满山径的时候，他真的出现了，冲着马大喝一声，马儿双蹄立起，跟随他飞奔而去。

风罗几乎在马背上站起来，心中呼喊着：天空、太阳、风儿。海拔三千米的高度，她内心充满着喜悦，轻松得仿佛就要跃升而去。

亚历山大猛然揪住马说，"该走了。"不知为何，风罗没有反对，他的话似乎有种魔力让她乖乖跟着他悠悠散散骑到木屋。石炉上正烤着肋排、香肠和蔬菜，高裘们在弹着吉他唱着歌。风罗舍不得白马，牵着它散步、食草，直到它的汗全部消散了，才牵进圈里。免不得又被马儿们咬弄蹭痒一番。又累又渴的风罗不客气地拿了瓶当地盛产的马尔贝克[1]葡萄酒，就在稻草堆上躺下晒太阳，忽然脸被阴影遮住，原来还是那高裘，他的脸在离她很近的地方。"来，吃烤肉。"他说。

风罗看着他摇摇头，像他一样抽一根稻草叼在嘴里。他伸出

---

1. 马尔贝克（Malbec）：原产于法国的酿酒红葡萄品种，可以增加酒的颜色与结构感。用马尔贝克酿成的酒颜色较深，带有悬钩子、李子、桑葚、皮革等气味。现在广泛种植于阿根廷，反而在法国较为少见。

手，放在风罗的面前说："起来，带你去看样东西。"风罗还是不肯起，干脆抱着稻草垛不放。

旁边凉棚中的人们边畅饮边取笑他们，笑着喊，"风罗，他爱上你了，快跟他走吧。"

带着酒意，她赌气地猛然起身，跟他走到木屋门口。亚历山大指着门让她进去，门前有两只模样凶恶的鬣狗蹲着。尽管有些迟疑，可看见他嘲弄的表情，她挑衅地走了过去。那两只狗却温顺地低下头，摇着尾巴，等待着爱抚。一进木屋风罗就看到了那件东西，两米多长，悬挂在客厅的墙上。那是一张金色的毛皮，张牙舞爪的鬃发似乎还在宣告曾经主人的辉煌。

"真美。"风罗惊喜地看着。

"这是一只美洲狮，去年来袭击马群。"高裘远远站在门口，光线在他的剪影上画出完美的弧线，"喜欢这样的生活吗？我们有一辆卡车，我把它改装过后，顶棚可以收缩，每天都可以在星星下睡觉，比露营帐篷要美得多。我们还有六百多头野牛，逐水草而居，自由自在。"

风罗摸了摸他挂在墙上的编织精美的蹦裘，那蹦裘就是在手工编织的毯子上挖个洞，白天当衣服穿，晚上睡觉可以当毛毯用。穿上它就等于是一名高裘了。

又有人走了进来，"他们真美。我要是你就跟他们走。"

"我？我可以吗？"风罗像是被人看穿了她内心对这样生活

的眷恋。亚历山大站在旁边，目光如炬，带着期待和渴望。

"为什么不可以？你那么爱马。留下来，就可以去山的那头，跟着高裘们，跋涉数天到阿根廷海拔最高的湖泊。你一定会喜欢的。"

"我可不是会做出疯狂举动的人。"风罗摇手拒绝，看着亚历山大失望的表情心里却隐隐作痛。

"风罗，你应该有一个名字叫作Zumba。"亚历山大说。

"那是什么？"

"我们山区有一种叫Zumba的旋风，终日盘旋在酒庄的各个角落。它还有另外一个名字叫作'一千种风'。"亚历山大解释，"你就是这一千种风。"

风罗以为他开玩笑，又去问其他的酒农。这里被称作圣胡安地区，是安第斯山脚下的第二大产酒区。高海拔山区的地理特征使这里形成了不同气候，也导致了这种旋风的出现。一千种风无处不在，随时随地刮来。方向不同，角度不同，像是要跟女孩们的裙子开玩笑，抓住了就不放。风罗的帽子时不时就被风吹跑，就像是宫崎骏电影《龙猫》里的风，它有着自己的生命，旋风一起就带着小姑娘去任何地方。这一千种风也把不同的香气物质带入酒中，赋予了葡萄酒不同的生命。

在品酒会上，一款马尔贝克有着明显的尤加利树叶的清爽味道，风罗问："附近有尤加利树吗？"酒农点头，"是的，在干旱的沙漠地区，种植尤加利树可以保持水土。"

和很多水果不同，葡萄表皮敏感脆弱，又有很强的吸附能力，空气中的香气分子很容易附着其上。旋风从山顶，从云端，从森林，从四面八方而来，带着不同的香气分子，停留在哪儿，就赋予哪儿一千种风的味道。谁也不知道风一路上经过了什么地方，喝到的葡萄酒也不可预测，无法复制。

风罗从来没有后悔当初离家的鲁莽决定，只是同Zumba一样，她也不知道下一段旅程会在哪里，学习品酒、开始酿酒、在马背上追逐风。每到一处，她就改变着那里人的命运，同时她的命运也被改变着。

有时她也会看一看星穹，想想世界另外一端的人，"我孤身一人，但是并不孤单。有一天，你会因为喝到我酿的葡萄酒而爱上我，因为杯里有一千种风的味道。"

The End

原文注释索引

A

爱侣园（Les Amoureuses）：129/130

B

堡林爵（Bollinger）：68
宝禄爵（Pol Roger）：84
白中白（Blanc de Blancs）：84/85
白浪莎（Le Clos）：127
巴罗洛（Barolo）：99/143/159
巴巴莱斯科（Barbaresco）：143
伯纳达（Bonarda）：146/147/148
巴罗洛侯爵酒庄（Marchesi di Barolo）：
159

C

赤霞珠（Cabernet Sauvignon）：41/42/
55/147/217
长相思（Sauvignon Blanc）：57
陈年（aging）：58/68/69/120/124/
127/143/146/156/160/190/225/226

D

稻草酒（Vin de Paille）：11/23/30/40/
43/44/154/214
多年份（MV，Multi-Vintage）：82

F

风之子（Donnafugata Ben Rye）：152
风土条件（Terroir）：94/95/158
法定产区（AOC）：195/196

G

干邑（Cognac）：80/81/82

H

亨利·贾伊尔（Henri Jayer）：53
黑皮诺（Pinot Noir）：116/129/147

K

卡瓦（Cava）：69

L

拉图酒庄（Château Latour）：8/190/
192
罗曼尼康帝（DRC）：28/29/30/31/
32/169
龙船酒庄（Château Beychevelle）：59/
60/61/98/99
罗伯特·格罗菲（Robert Groffier）：
129
隆河谷（Rhone Valley）：95
勒桦酒庄（Domaine Leroy）：169

M

玛歌酒庄（Château Margaux）：8/9/17/44

美乐（Merlot）：55/217

酩悦香槟（Moët Chandon）：84

马德拉酒（Madeira）：124

木桐罗斯柴尔德酒庄（Château Mouton Rothschild）：185

马尔贝克（Malbec）：233/235

N

纳比奥罗（Nebbiolo）：143/156/160

P

帕西多甜酒（Passito di Pantelleria）：154

品丽珠（Cabernet Franc）：217

S

生物动力学（biodynamics）：83

沙龙（Salon）：85

索利拉（Solera）：119/120

圣乔维斯（Sangiovese）：210

斯勃兹伍德酒庄（Spottswood）：227

T

TCA：46

特酿（Cuvée）：82/89/125

泰廷爵（Taittinger）：84

特浓情（Torrontes）：95

W

无年份（NV，Non-Vintage）：71/82

维欧尼（Viognier）：94/95

沃尔奈（Volany）：109

X

香槟区（Champagne）：65/66/84/101

霞多丽（Chardonnay）：84/85/93/109/117

夏布利（Chablis）：93/109/127

系统品酒法（WSET Systematic Approach）：117

雪利酒（Sherry）：119/120

香波-慕西尼（Chambolle-Musigny）：129

Y

夜丘区（Cote de Nuits）：129

Z

转瓶（remuage）：70/84

黄山

女，烟台人

WSET英国葡萄酒与烈酒教育基金会四级品酒师
葡萄酒大师候选人
AIWS国际葡萄酒与烈酒协会成员
多个葡萄酒比赛评审、侍酒师比赛评审
国际著名葡萄酒杂志Decanter亚洲大奖评委

十五岁只身赴新加坡求学，之后在英国读大学期间爱上葡萄酒
现专职从事有关葡萄酒的写作、评审、教育和电视节目录制工作
作品常发表于《三联生活周刊》《TimeOut北京》及葡萄酒专业网站

发表文章
《伊豆断食之旅》
《威士忌的秘密》
《残响——在废墟上的灿烂》
《醒酒与醒茶》
《梦幻的婚礼酒单》
《花初见》

电视节目
北京电视台《美食地图》
CCTV《立菲专题》

_____

微博 http://weibo.com/huangxiaoshan

扫一扫

去吧，去追逐风，你将永不孤单

一千种风的味道

产品经理|李　梓	封面设计|孙晓曦
责任印制|刘　淼	监　制|来佳音
后期制作|丁占旭	策划人|于　桐

图书在版编目（CIP）数据

一千种风的味道 / 黄山著. -- 天津：
天津人民出版社, 2019.5

ISBN 978-7-201-14655-3

Ⅰ.①一⋯ Ⅱ.①黄⋯ Ⅲ.①长篇小说- 中国- 当代
Ⅳ.①I247.5

中国版本图书馆CIP数据核字(2019)第061075号

一千种风的味道
YIQIANZHONGFENG DE WEIDAO

出　　　版　天津人民出版社
出　版　人　刘 庆
地　　　址　天津市和平区西康路35号康岳大厦
邮政编码　300051
邮购电话　022-23332469
网　　　址　http://www.tjrmcbs.com
电子信箱　tjrmcbs@126.com

责任编辑　金晓芸
产品经理　李 梓
封面设计　孙晓曦

制版印刷　河北鹏润印刷有限公司
经　　　销　新华书店
发　　　行　果麦文化传媒股份有限公司
开　　　本　880×1230毫米　1/32
印　　　张　7.75
印　　　数　1-8,000
字　　　数　140千字
版次印次　2019年5月第1版　2019年5月第1次印刷
定　　　价　85.00元